本能寺から始める信長との天下統一

HONNOUJI KARA HAJIMERU NOBUNAGA TONO TENKATOUITSU

常陸之介寛浩
イラスト／茨乃

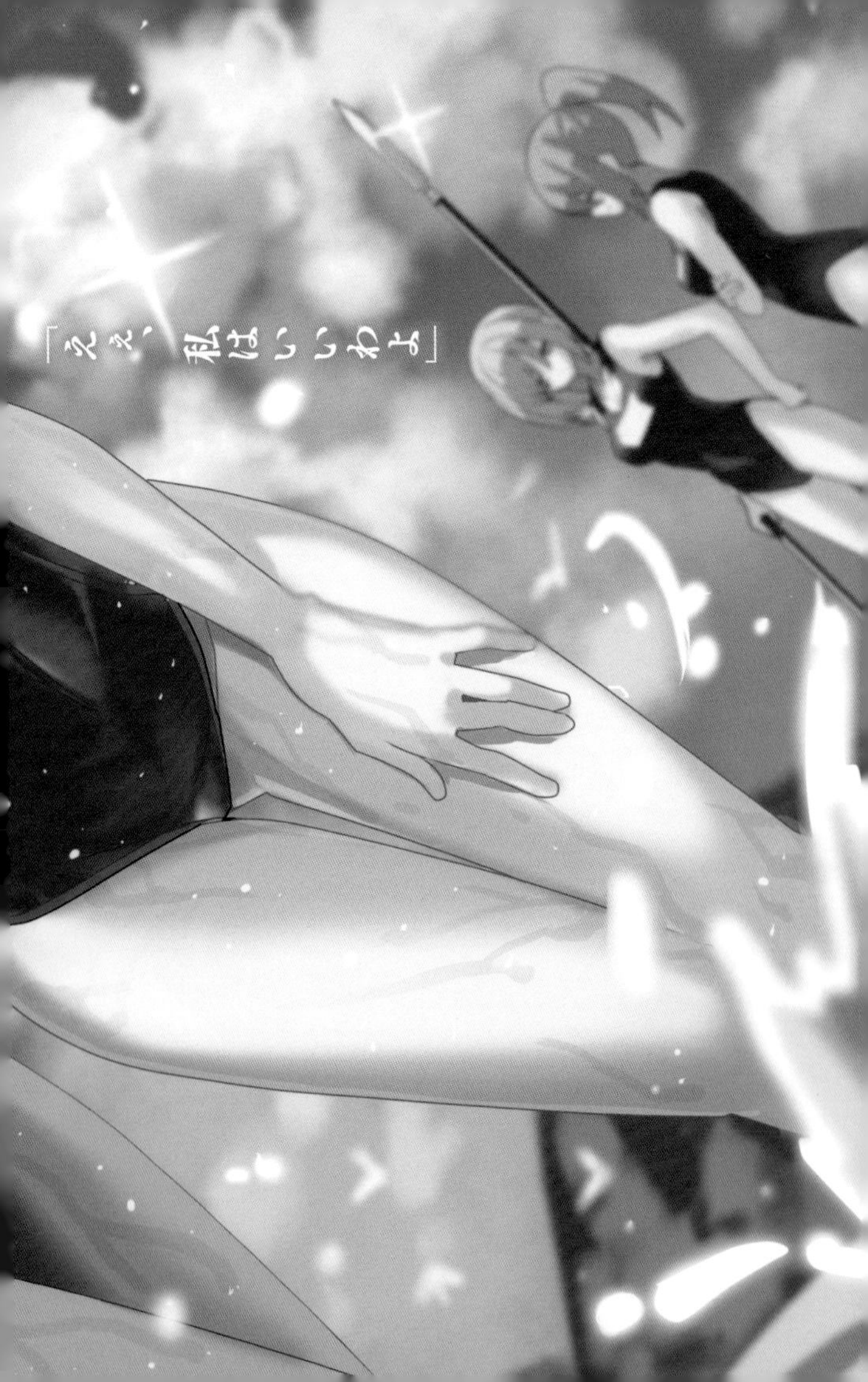
「ええ、私はいいわよ」

本能寺から始める信長との天下統一 8

常陸之介寛浩

OVERLAP

目次

イラスト／茨乃

《あるかもしれないパラレルワールドの未来》

「常陸《ひたち》時代ふしぎ発見！」

「新しい発見が次々と続く黒坂真琴《くろさかまこと》、番組内でも驚きの『茨城の暴れ馬』と名乗った真相がわかった本日ですが、続いて2問目に行きたいと思います。クイズ時代ふしぎ発見!!」

マッチョなダンディー司会者の力強くにこやかな顔から2問目の出題映像に切り替わり、ベテランミステリーハンター竹外さんは朱塗りの立派な神社の山門の前に立っていた。

「ご覧ください。こちらは茨城県笠間《かさま》市にあります笠間稲荷《いなり》神社・国宝・美少女萌狐《もえぎつね》朱塗山門です。萌えますね、この彫刻された美しい少女達《たち》、門には大きな3人の美少女と上部には16体の美少女化された狐が彫刻されています。とても美しく、そして可愛《かわい》い美少女狐、黒坂真琴がデザインして寄進したものだと伝わっております。本日は第25代神主・佐《さ》伯崑々《えきこんこん》さんに来ていただいております。佐伯さん、この門はどういった経緯で造られた物なのでしょうか？」

　神主の正装をした佐伯崑々は、

「この門は、美少女萌陶器、そして産業革命を支えた製鉄業に力を入れる為《ため》、火をつかさどる神でもあるお稲荷様に、安全と繁栄を祈るために寄進されたものだと伝わっており、また、伝説ではこの門に喜んだ宇迦之御霊神《うかのみたまのかみ》が黒坂真琴に神力をお貸しするようになったと伝わっております」

「神様が喜んだ門、それは御利益がありそうですね」

「今ではこの門を三度くぐると願いが叶《かな》うなどと言われているのですが参拝してくださった皆様の穢《けが》れが払われるので、是非とも参拝に来ていただければと思います」

　本当は、初代佐伯崑々が茨城城の萌門に感銘を受け左甚五郎《ひだりじんごろう》と暴走して造られたのだが、そのようなことは語り継がれなく、黒坂真琴本人がデザインして造ったと伝わっていた。

　歴史は必ずしも正確に伝わることがないという事例だった。

「さて、ここからが問題です。この門を造らせた黒坂真琴が力を入れた萌美少女が描かれた常陸萌陶器ですが、今では最高級品として有名で、海外からの国賓をもてなす安土《あづち》城中晩餐会《ばんさんかい》などで使われる食器となっているのは皆さん御存じかとは思いますが、どうやって広まっていったのでしょうか？」

　スタジオに画面が切り替わるとベテラン解答者の白柳鉄子さんと野々町君、そして黒坂真琴の幼馴染《おさなな じ》みで人気俳優となった久慈川萌香《くじがわもえか》、結城智也《ゆうきともや》、高萩貴志《たかはぎたかし》を映し出していた。

「突如として現れた萌美少女が描かれた常陸萌陶器ですが16世紀後半急速に世界に広まりました。さて、黒坂真琴はこの異質とも言える陶器をどうやって広めたのでしょうか？簡単な問題だと思いますのでノーヒントでいきたいと思います」

「えっぇぇぇ〜ちょっと待ってくださいよ草山さ〜ん」

野々町君が焦るなか、他の4人は答えを書いていた。

その為、マッチョなダンディー司会者は野々町君ににこやかな笑顔を送り野々町君は仕方なく悩みながら答えを書いた。

「解答が出そろいましたので一斉に」

解答が書かれた画面が映し出される。


白柳鉄子『恩賞として家臣に与えた』白マッチョ人形を賭ける。

久慈川萌香『交易品として輸出した』白マッチョ人形を賭ける。

結城智也『友人に配った』白マッチョ人形を賭ける。

高萩貴志『知人にプレゼントした』白マッチョ人形を賭ける。

野々町『抱き合わせ販売をした』白マッチョ人形を賭ける。

答えが出そろうと、マッチョなダンディー司会者は野々町君に、

「なにと抱き合わせ販売をしたのですか？」

「えっと、稲荷神社なのでお土産にいなり寿司《ずし》弁当と抱き合わせで販売をしたのかと」

「野々町君、この陶器は世界に広まったのですよ？　いなり寿司では腐ってしまうと思いますが？」

「あっ、あぁぁ、そうですよね」

観覧席から失笑が漏れていた。

「では、答えはこちらです」

テレビ画面は再び竹外さんを映すと、

「本日はこの番組の為、特別許可をいただいて、国宝・風神雷神レ●ラ●大皿を、同じく国宝の五浦《いづら》城内にあります県立五浦美術館より映させていただいております。黒坂家家老で五浦城城主だった伊達政道《だてまさみち》の子孫である館長の伊達道山さんに説明をしてもらいたいと思います。伊達館長、黒坂真琴はこのような萌《もえ》陶器をどうやって広めていったのでしょうか？」

「初代黒坂真琴様はまずは友人やお世話になっている人への贈り物にいたしました。代表的なのは加賀《かが》萌文化開祖である前田利長《まえだとしなが》公などがよく知られているでしょう。そして、今では名門中の名門の学校である国立茨城城女子学校や国立職人育成笠間学校の生徒たちに陶芸と絵付けを学ばせ、大量生産ができるようになると世界に交易品として輸出して広めていったのです。オーストラリア大陸先住民アボリジニとはこの萌陶器を贈ったことで打ち解け仲間になれたと伝わっています」

「友人知人に配るなんて布教活動みたいですね」

再び画面はスタジオに変わった。

「白柳さん、野々町君ボッシュート、久慈川さん、結城さん、高萩さん正解です」

結城は正解を嬉《うれ》しそうにしながら、どことなく遠くを見る少し悲しげな目で、

「真琴は、お気に入りのライトノベルやマンガを3冊買って1冊は自分用、1冊は保存用、1冊は布教用にしていましたからね。電子書籍のプレゼント機能まで使って広めていたのが懐かしい」

「ああ、俺も何冊も貰《もら》ったよ。懐かしいな、確かあの国宝の皿の美少女もそのキャラクターだよな、結城？　双子のメイドキャラクターだよな、あれ」

高萩が結城に聞くと、結城はポンッと手を叩《たた》いて、

「あぁ、あったあった、そう言えばあったな！　小学生の頃だったから今思い出したけど間違いないな」

「あっ、あのラノベなら私も布教されたよ。主人公が死に戻りって少し変わった特殊能力のだよね」

すると、マッチョなダンディー司会者は、

「おおおおおおおおおっと国宝・風神雷神●ムラ●大皿のレ●●ムがなぜ描かれたのか？　それは一つの謎とされていましたが、黒坂真琴が友人に布教するほど好きだったとはとても単純なことで驚きです。黒坂真琴は過去でも布教活動をしていたのですね！　この大皿を受け取った時の帝《みかど》は、鬼の少女が描かれていたことに憤慨したそうですが、ただただ好きなキャラクターだったとは驚きですね！　また一つ、黒坂真琴の七不思議が解決しました。今回の番組は歴史に残る回になりそうですね！」

再びスタジオで黒坂真琴七不思議の一つの謎が解明されて世界のテレビは一斉に字幕ニュースを流していた。

《安土城》

織田信長《おだのぶなが》は安土城に帰ると早速、羽柴秀吉《はしばひでよし》・前田利家《としいえ》・蒲生氏郷《がもううじさと》、そして高山右近《たかやまうこん》を城に呼び出した。

「おりゃ、この野郎、蹴りを使うな！　覚えが悪いぞ！　人間に似た風体をしているなら相撲くらい覚えろ」

安土城の庭でオーストラリア大陸から連れて来られたカンガルーに相撲を教える為、自ら相手となり、ぶつかり稽古をする筋肉隆々の生き生きとした織田信長の姿を孫の三法師《さんぼうし》は目を輝かせてみていた。

家臣達は織田信長が怪我《けが》をしないか、あたふたと焦っていたが、その心配をよそに織田信長はカンガルーを投げ飛ばした。

地面に叩き付けられ目を回すカンガルーだったが、すぐにヒョコッと立ち上がった。

「よし、もう一番」

続けようとする織田信長だったが、

「お祖父《じい》様、来たようでございます」

「うむ、そうか、三法師、カンガルーを檻《おり》に戻しておいてくれ」

「はい。お祖父様、常陸様は変わった異国の生き物を領民に見せてあげているそうでございます。私がそれを真似《まね》してもよろしいでしょうか？」

「あぁ、珍しい生き物達を見せてやれ。さぞ喜ぶであろう」

「ありがとうございます」

「三法師、民の喜ぶ顔をしっかり見ておけ。民の上に立つ者はその顔を忘れてはならんからな」

「はい、お祖父様」

織田信長は汗と泥汚れを行水で綺麗《きれい》に流し、身なりを整え広間に入った。

「上様、急に呼び出しとはなんですかだみゃ？」

突然の呼び出しに、九州から来るのに時間がかかってしまった羽柴秀吉が怒られるのではないかと顔面蒼白《そうはく》にして聞くが、織田信長は羽柴秀吉の心配とは真逆の和やかな表情だった。

「貴様達《たち》に新たな仕事を命じる」

織田信長がそう言うと4人は座り直し頭を低く下げた。

「羽柴秀吉・前田利家・蒲生氏郷、オーストラリア大陸に行き築城、そして開墾を始めよ」

「それは新大陸を任された常陸《ひたち》右府様に与力になれと？」

前田利家が聞くと間髪容《い》れずに羽柴秀吉が、

「いくら何でもそれは……今まで尽くしてきたのに国から追い出すなんて上様でも酷《ひど》いですみゃ」

悲しそうな目で訴えていた。

しかし、その隣では、

「私は常陸様の与力に再びなれるなんて光栄なことと思います」

本当に嬉しいようで蒲生氏郷は微笑《ほほえ》みを見せた。

「儂《わし》も住む地だ、勘違いをいたすな馬鹿猿！　追い出すなどと考えておらぬ。それにオーストラリア大陸は日本国である。新たな広大な土地を手に入れたのだ。その地は未開、そこをこの安土のように米や麦、作物が育つ地にしろと言っているのだ、馬鹿猿」

「ひぃ、お許しを」

怒鳴りつけた織田信長だったが、その口元はにやりとしていた。

「上様の命には従いたいです。それに常陸様も私は好きです。ですが、異国に行くとなると領地、前田家が心配で……」

戸惑いを素直に口に出す前田利家。

「加賀前田家は嫡男利長に相続させ前田本家とせよ。姫路城の前田家は利政に入らせ分家として大名に取り立てる。これで文句はあるまい？　儂に付いてこい、犬。共に異国を楽しもうではないか？　蒲生家も儂の孫である秀行を従五位下近江守《おうみのかみ》に任じ近江大津城を相続させせよ。猿、貴様も九州探題羽柴家は一族から養子を迎え相続させよ。貴様の手腕で新しい大陸を開発させ富ませてみせよ。各々が開発した地は全て貴様達の物だ。貴様達が新しく開墾する地は想像を絶するほど広大な土地である。２００万石でも３００万石でも開墾次第で貴様達の領地だ。どうだ？　この日本の地では出来ぬこと、腕を振るってみたいと思わぬか？　貴様達の働き次第で国はもっともっと豊かになる。貴様達が米や麦を大量に作れば日の本の民、いや、世界の民が食うに困らなくなる。ひもじい思いをする者がいなくなる。儂はそんな世を作りたい。だからこそ、天下をこの手にしたのだ。その野望が新しき土地にも広がった。この広がり続ける夢に付いてこい」

織田信長は地球儀をくるくると回し４人に見せる。

「開墾次第でいくらでも領地に、そして上様の夢のお世話だみゃか？　上様が先を目指すなら、この猿も行かねば」

交易でお互いに富もう。同盟を結び互いに争わぬことを約束しようと書いてある大事な手紙、しかと渡してこい。

常陸が申すにはこれを不可侵条約や友好条約などと言うそうだ」

「『ふかしん条約』？　侵せば敵にすると？」

「そこまでは書いておらぬが、今まで通り支配圏を拡《ひろ》げようとし、日本、そして、今から開発する地、同盟を結んだ国々に手を出すならそれ相応の覚悟を持って貰《もら》うと伝えよ」

「吉利支丹を敵にしバチカンに攻め込むと？」

それを聞いていた羽柴秀吉・前田《まえだ》利家・蒲生氏郷はゴクリと唾を飲み込んだ。

それは一向宗との壮絶な戦いや、比叡山《ひえいざん》焼き討ちを思い出したからだった。

また、あの時のような戦いをせねばならぬのかと脳裏をよぎった。

「場合によってはだ。ぐたぐた申すなら他の者に使者を命じるが？」

「いえ、これは私が行かせていただきます」

「うむ、そうか、なら常陸が作らせた数々の『萌《も》え』と呼んでいる品々を船いっぱいに積んでいけ。あやつが作らせたこの動かせる人形など異国にはあるまい？　遅れた国などと思わせぬ品々に常陸の『萌え』はうってつけだ」

「はぁ……」

織田信長の下《もと》にも届いた全身可動の美少女フィギュアや武者フィギュア、それに美少女が描かれた陶器や屏風《びょうぶ》に掛け軸、絢爛豪華な織物が隣の部屋に用意されていた。

近習が襖《ふすま》を開け見せると前田利家と蒲生氏郷はクスクスと笑い出し、次第に大きく腹から笑いだしてしまった。

「あはははっあはははははっあはははははっ、これを異国の王に贈るなんて流石《さすが》上様、あはははははっあははははっあはははははっ」

前田利家が手を叩《たた》きながら笑うと蒲生氏郷は釣られてしまい堪《こら》えていた笑いが爆発した。

「前田様、笑わせないでください。せっかく堪えていたのに、くはははははっ本当に常陸様のこの品々を見たら驚きますな、くはははははっ、だめだ腹が痛うございます。上様も笑わせないでください。くはははははっ」

お腹《なか》を必死に押さえながら笑っていた。

織田信長はその二人の姿を満足気に見ていたが、苦虫を噛《か》みつぶしたようなしかめっ面で笑う二人、そして織田信長の顔を見る高山右近、羽柴秀吉はと言うと、

「黒坂《くろさか》家の秘薬、臭い臭い精力剤も贈って差し上げれば良いのではですみゃ」

「おぉ、猿、それは良い、うちの利長《としなが》はあれで永《えい》と子を作ったからな」

前田利家も同調した。

「儂はそれを知らぬぞ?」

織田信長は黒坂真琴《まこと》の側室が作る謎の精力剤を飲んだことがなく、少し残念そうな表情

を見せた。

「上様、あれは出来れば飲まない方がいいだみゃ、不味《まず》いのなんの」

「そうか、不味いのか、儂は薬など頼らなくとも精力は衰えておらぬがな。まぁ～そんなことはどうでも良い。高山右近《たかやまうこん》、この品々を持って南蛮の者どもを驚かせてこい」

「はっ、しかと承りました」

それから数日後、その南蛮の国々の多くの者が崇拝する吉利支丹の王へ使者を送る話が織田《おだ》家、そして幕府に属している大名達に広がると、

「父上様、南蛮の王への使者、高山右近などでは失礼かと思われます。その役目、この信《のぶ》雄《かつ》に御命《おめい》じ下さい」

織田信長《のぶなが》の次男が突如登城した。

「ほう、信雄、貴様が自ら異国に行きたいと願い出てくれて儂は嬉《うれ》しく思うぞ」

「父上様は常陸殿を頼りとしておられますが御自身の子を頼りとして下され。御命令とあらばこの信雄も異国を攻め取って見せましょう」

「それはならん。異国の支配は常陸の知識で動く、良いな」

「ですが、父上様」

「信雄、常陸はそなた達が知らぬことを知っているのだ。だからこそ任せておる」

「父上様、信雄にも例のことを教えてあげたらいかがですか？」

同席していた信忠《のぶただ》が言うと、信長はコクリと頷《うなず》き、

「常陸は未来から来た者、未来から神が差し向けてくれた者。この信長に世界を平定しろと使わせてくれた者なのだ」

信雄は首を横に振り、

「父上様、兄上様、ご冗談を」

何をふざけているのか？　と言わんばかりの表情を見せて言った。

「はぁ～やはりな、お主《ぬし》には理解出来るまい。

今の話は忘れよ。そして一切の他言を致すなよ。バチカンへの使者として信雄、貴様を儂の名代として行かせる。異国の王に儂の意思をしかと伝えて参れ。敵対しなければこちらからは攻めぬとな。だが、それを破るとき儂は南蛮でもどこへでも攻め込むと伝えよ。それだけの船も大砲も持っているとな」

「はっ、しかとその様に異国の王に伝えて参り同盟を結んで来ましょう」

織田信雄がバチカンへの使者の代表、そして高山右近は通訳兼南蛮人との橋渡し役として、織田幕府始まって以来の使節団は旅だった。

◇◆◇◆◇

《茨城城》

1592年12月30日

年末恒例の餅つきを済ませ、茨城城内に奉《まつ》っている神社を清掃し、鏡餅などのお供えを終え正月を迎える準備を整えて一休みしていると、真田幸村《さなだゆきむら》が樺太《からふと》から帰国した挨拶に来た。

報告・連絡・相談のホウレンソウをも兼ねて。

開発内容や作物収穫量が書かれた報告書を受け取る。

「遅くまで樺太開発ご苦労様、今年はどうだった?」

「はっ、蕎麦《そば》を中心にしながら小麦、じゃがいも、稗《ひえ》、粟《あわ》を冬の食糧として蓄えられるくらい収穫が出来ました。昨年はほとんど実が入らなかった米も幾分ですが収穫出来たので、それを種として来年植えれば、今年よりは収穫出来るかと。10年続ければ米も食べられるくらいになると考えております」

「それは良かった。中々すぐにとはいかないと思うけど、いずれ樺太の米だけで地元の者達《たち》が腹が満たされる日が来るよう続けよう。

これはいずれ来る寒冷期、飢饉《ききん》対策のテスト栽培……試験栽培だから根気よく続けたい。

これからも行き来で大変だろうがよろしく頼む。この今行っている寒い地での農業改革は北海道を開墾している者達や、津軽《つがる》・南部《なんぶ》・伊達《だて》・最上《もがみ》など北国の大名にも農民を出させて勉強させ広めよう」

「はっ、御大将の未来のちし……ゴホッ。陰陽道の占いで出た未来の飢饉は絶対に起こさせません。それが、この黒坂家に仕える真田家の役目と心得、家臣一丸となって働いております」

「真田幸村、本当に雇って良かった。その言葉、嬉しく思うぞ。早々、試したいことがまた一つ思いついたのだが」

「なんでございましょう？」

「鮭《さけ》の人工孵化《ふか》、鮭が川を遡上して産む卵だが、それに人が手を貸す」

「ほぅ〜なるほど作物だけでなく魚も増やす改革、鮭の遡上なら常陸《ひたち》国内、那珂川《なかがわ》や久慈川などで間に合うと存じますが？」

「あっ！」

「なにか思い出されましたな？」

「うっうん……」

史実では日本国で鮭の人工孵化が導入されたのは明治時代だ。

ウィーン万国博覧会や米国独立１００年記念博覧会で鱒《ます》の人工孵化を学んだ関沢明清《せきざわあききよ》な

る人物が明治10年、茨城県や栃木県で人工授精を始めている。

最初は風呂で人工授精していたらしい。

ここにも絡んでいたんだよな、茨城県。

確かこの人が缶詰の試作も始めたような……うろ覚えなのが悲しい。

缶詰も作りたいが……。

しばらく沈黙して考え込んでいると、

「わかっておりますので書に纏《まと》めていただければ私の方で当たり障りのないように言い回しに書き換え、那珂川・久慈川下流域支配の藤堂《とうどう》殿に命じますが？」

「なら、先《ま》ずは人工授精をするよう手配してくれ、受精の手助けから始めよう」

自然界では天候に左右されやすい受精に手を貸し、一定に温度を保った水で孵化させて、稚魚になってから川に戻すことを書き、真田幸村に任せた。

真田幸村の手によって書き直された『鮭・鱒孵化助力指南書』は、既に精子がどのような物か教育を始めている当家ではすぐに受け入れられ、疑うことなく卒業生が嫁いだ先が積極的に手を貸してくれた。

後に日本国内どこでも腹一杯にいくら丼が食べられる未来線に繋《つな》がっていくらしい。

とある人物により聞かされることになるのだが、それはまだまだ先のこと。

「それでトゥルックとオリオンは？」

気がかりな家族のことを聞くと幸村はニッコリと笑い、

「お健やかにお過ごしです。御安心下さい。御大将は異国に行かねばならなく、今年は来られないと伝えましたが、私たちのことは気にせず自らの運命にしたがって下さいと、トゥルックの方様の御母上様《おははうえさま》から伝言に御座います。差し出がましいとは思いましたがトゥルックの方様の村は真田流築城術で堀と土塁を拡げ堅牢《けんろう》に致すよう土地が凍り始めるまでやっておりました」

その城の絵図面を拡げ見せてくれる。

総構えと呼ばれる田畑や町が城の中に入っている縄張り。

家族だけでなくアイヌの民も多く城の中に住める造り。

北条《ほうじょう》と戦を考えた作りではなく、熊など人を襲う獣や田畑を荒らす鹿などの対策で今、日本国内では黒坂流築城術と呼ばれてしまっている鉄砲・大砲戦を想定した稜堡《りょうほ》式ではなく、武田信玄《たけだしんげん》家臣にして築城の名手・馬場信春《ばばのぶはる》の幾重にも堀と土塁で円が広がる円郭式縄張り、これなら人や田畑が広がる度に外に外にと拡げられる。幸村は父・真田昌幸《まさゆき》から伝授されたであろう築城術を取り入れて造った。

籠城力特化で造られた高野城みたいに迷路ではない。

「そうか、気遣いありがとう。その働きに従事した者には黒坂家から給金を出すからね」

「はっ、そう言っていただけると思い金子を支払っております」

「立て替えてくれた分はちゃんと払うから、茶々《ちゃちゃ》に申請してね」

「はっ。それと今年運んだ食糧の礼にと、御大将お好みの美少女萌《もえ》木彫りを大量にもらい受けたので持ち帰りましたが、いかが致しましょう？　今井屋《いまい》に売らせますか？」

大きな箱に体長約30センチのものが300体、80センチ程のが20体入っていた。

まさに平成のフィギュアのような美少女萌木彫りは格段に洗練され髪に獣の毛を植え付けられている。

色を塗れば平成のフィギュアレベルと遜色ない作りだ。

「ぬほっ、素晴らしい出来栄え、本当に素晴らしい。よし、これは今井宗久《そうきゅう》に申しつけて異国に売らせよう。半分はオーストラリアに持って行きアボリジニにプレゼントしよう、工房の生徒達に染色を頼んでくれ。この格段に大きく出来が良い物は仏師に頼んで金箔《きんぱく》で装飾して神々しくする。帝《みかど》、関白、信長様、信忠様に。それと前田《まえだ》の利長殿に贈ろう。手配してくれ、あとはうちの城に飾っておこう」

人にあげるのが勿体《もったい》ないくらいの出来栄えの物だが、大事な樺太アイヌ民の産業品、収入になるよう広めたい。

もっと産業として発展すれば樺太も潤う。

「あっ、オーストラリアから持ってきたブラックオパールを目に入れられないかな？　幸村、来年、樺太に行くときこれを持って行き、この美少女萌木彫りの目に埋め込めないか試して貰《もら》ってくれ」

オーストラリアから持ち帰っているブラックオパールを幸村に託す。

「はっ、かしこまりました。しかし、これは中々美しき石、異国とはこのような物が採れる所なのですね。私もいずれ行きたいものです」

「幸村には当分、樺太を任せたい。いずれ異国の地を任せる時がくるやも知れぬが、それまでは頼む。俺は豪州統制大将軍としてオーストラリア大陸に力を入れねばならぬ時だから、幸村には日本に居て欲しいのだ。いざというとき日本に残っている黒坂《くろさか》の船が空っぽでは困るからな。樺太と行き来するのは大変だろうが、せめて冬はゆっくり休んでくれ」

「お気遣いありがとうございます。しかし、常陸の農地も見て回らねば」

「のぼうがしっかりやっているから心配せず正月だけでも休んでくれ。いや、命じる。15日までは高野城で休息を命じる」

「うっ……私はジッとしているのが苦手なのですが……」

「だったら、上野《こうずけ》の国で湯治でもしてきたらどうだ?」

「上野、父上や兄上としばらく会っていないのでそれは有り難きこと」

幸村は父と兄のいる上野に馬を走らせた。

も〜う、体を休ませて欲しいから休みを命じたのに意味ないじゃん。

さて、この美少女萌木彫りの良さをわかってくれるのは前田利長《としなが》ぐらいかな？　そんなことを考えていると、障子の隙間からゾクゾクと冷たい殺気に満ちた視線を感じて振り向くと、お初《はつ》が鋭い殺気を感じられる目で見ていた。

「はいはい、客を通す広間には置かないからそんな恐《こわ》い目で見つめないで」

「それなら良いわよ」

お初の理解はいつになったら得られるのだろう。

数日後、黄金に輝く美少女フィギュアが完成する。

それの出来具合を見ていると、部屋に入ってきた鶴美《つるみ》が、

「こんな黄金に輝く異国人美少女像を帝に贈るなんて間違ってる！　絶対嫌がらせでしょ？　北条は巻き込まないでよね！　黒坂家と違って、朝廷を敵にする気ないんだから！　私、どうなっても知らないんだから！」

悲鳴に似た声で怒る鶴美の理解もいつになったら得られるのだろうか？

別に嫌がらせで贈るわけでもないのにな。

そしてなぜか完全にギャル語な弥美《やみ》は、

「常陸様ぁ～、黄金に輝いている美少女はキモいんだけどぉ～……ん？　もしかしてぇ～私も肌に金粉を塗りたくったら抱いてくれるぅ～？　きゃはははははっ」

金粉を塗った弥美を想像。

黒ギャル美少女に金粉の融合、間違いない、最高の組み合わせ。

だが、弥美は14歳だ。

「だから、16歳にならないと抱かないから。それにそんな金の使い方は無駄だからやめて」

「ふ～ん、つまんないのぉ～」

弥美はプリプリと怒りながら部屋を後にした。

金粉塗りたくった美少女と夜伽《よとぎ》？　ＡＶでそんなのあったな。

「ん～……金粉よりぬるぬるオイルでテカテカの方が好きかな」

小声で言ったつもりだったが、リリリがそれを廊下で聞いていたみたいで数日後の夜、夜伽番のリリリが油を体に塗りたくって布団の上で待っていた。

「くぁ～ヌルテカ日焼け美少女最高ーーーー」

燃えたあと我に返り、布団が油まみれになってしまったことに後悔した。

「御主人様、これでは寝られないっぺ。ごじゃっぺしちまったぺよ」

「やっちまったのは仕方がない。取り敢《あ》えず風呂に入って油を流してから布団を交換しよう」

「風呂ですれば良かったっぺなぁ、でも気持ち良かったっぺさっ、次の夜伽はお風呂でするんべ」

リリリは自分のしたことの後悔より、いつもにまして激しかった夜伽が嬉《うれ》しかったのか、次はどうやってオイルプレーをしようか悩んでいる様子だった。

あ～ビニールエアー入りマットが欲しい。

どうにかして代わりの物作れないかなぁ。

そして手練手管の技を誰か習得してくれないかなぁ。

◇◆◇◆◇

大晦日《おおみそか》

「常陸様ぁ～なんかぁ～父上様が鹿島港に船届けに来たよぉ～って知らせてって～ふぁ～眠い～」

気怠《けだる》げにボサボサ頭で学校の作業着にと作らせていた白の2本線が両脇に入る紺色のジャージを寝間着にしている弥美が起こしに来た。

俺の寝所がある御殿に入れるのは家族だけと茶々が定めている。

そこには側室と呼ばれる嫁達《たち》、それにほぼ側室確定の千世《ちよ》・与祢《よね》・弥美も含まれる。

千世・与祢・弥美は急用時の伝達係となり城内に部屋が与えられている。

その弥美の寝間着姿、黒ギャルにジャージ姿はちょっと俺の性癖には突き刺さらない。

ジャージは鶴美のが似合う。

弥美には袖が長くてモコモコしていてパーカーに謎の兎《うさぎ》などの獣耳が付いているのを着て貰いたい。

そんなことより船だ。

「えっ？　もう届けに来たの？　しかも大晦日に」

「ふぁ～ふ。私～眠いからぁもう一度寝るねぇ～おやすみぃ～」

「あっ、ちゃんと伝達の仕事しろよっとに、お初起きて、船受け取りに鹿島港に大急ぎで行くから」

「うん、聞いてた。寝所に来た弥美を抱くんじゃないかと見てた」

お初は隣で狸《たぬき》寝入りをして様子を窺《うかが》っていた。

「16歳の年齢の約束は俺が設けたんだから守るっていうの！　ほら、それより急ぐよ」

「はいはい、船は逃げないわよ」

朝食を済ませて、大急ぎで馬を走らせ昼頃に鹿島城に入ると、すでに最上義康《もがみよしやす》が大黒弥《だいこくや》助《すけ》から船の受け渡しを済ませていた。

「あっ、御大将、お越しになったのですか？　茨城城には僕が受け取るからと家臣を走らせたのですが……僕、そんなに信用出来ませんか？」

しんなりと上目遣いで涙を浮かべて見つめている義康、なんでお前はそんなに可愛《かわい》いんだよ！

「違う違う、義康が受け取ると知っていたらこんなに慌てて来なかったのに、もう～弥美あとで叱らないと」

「ん？？？」

「弥美が船が届いたことだけ寝所に伝えに来て眠いからと二度寝しちゃったのよ。誰が受け取るとか言わなかったのよ。私も義康が居るなら来なかったわよ」

お初が呆《あき》れ混じりに言うと、

「申し訳ございません。娘がそのようなことデ」

大黒弥助が頭を下げて謝ってくる。

「まぁ～良いって、どうせ自分の目で確かめないとならないし」

接岸された船は織田信長《おだのぶなが》が乗るKING・of・ZIPANGⅡ号と同じ構造の大型の南蛮型鉄甲船。

鹿島港で万事受け取りをする。

「真琴《まこと》様も伯父上様のように名前付けたほうがよろしいのでは？」

新しい船に目を輝かせているお初が言う。

「ちゃんと考えてある。Champion of the sea HITACHI号だ」

英語の名を使うのは完全に俺の趣味、特に深い意味はない。

「真琴様、異国の言葉ですか？　どういう意味に御座いますか？」

「海の覇者・常陸《ひたち》だ」

「異国の言葉で海の覇者、常陸の海の覇者、名は本当にまともに付けますね。良き意味の名だと思います。世界の海を制する船になることを願います。私は積み荷や兵の手配をいたしますので」

お初が港を後にすると、たまたま元朝参りをするためにと鹿島神宮近くに前日から泊まろうとしていた左甚五郎《ひだりじんごろう》が入れ替わりに訪れた。と、言うより、お初を避けている左甚五郎は物陰から見ていたそうだ。

「殿様もこちらにおいでとかで来ましたが、新しい船にございますか？　とても立派な船でございますね」

「おっ甚五郎、丁度良い、今からなら出港するまで多少時間がある。その間に装飾を俺好みに改造したいんだが」

「殿様、この船を見たときから命じられるのではと思ってましたぜ。どのようにいたしますか？」

「船首に体長2メートルの像を付ける。目立つように金箔で装飾し、目にはブラックオパールを埋め込む。髪にはブラックオパールや螺鈿《らでん》を粉にして混ぜた黒漆を塗りつける美少女像だ。キラキラと輝き目立つと思うがどうだ？」

スクール水着の美少女姿イラストをさらさらと描いて渡すと、

「確かこの美少女は御大将の参考絵帳の中に『想像神女子校生』と書かれておりましたがそれでございますね？　あの顔で？」

「そうそう、あの顔、少しきつめの睨《にら》んでいる目が良いな。あの想像神美少女なら大海原の波をも自分が都合良いように自在に変えてくれそう」

『私が乗る船に嵐なんかで傷を付けたら承知しないんだから！　キョ●、ちゃんと操縦しなさい』

『やれやれだ』

俺の脳内で妄想再生された。

「波どころか天候すら味方にする神になるよう、この甚五郎魂を込めてしっかり彫らせてもらいますぜ」

さらに、甲板の柵にも美少女の装飾を頼むと、そちらは弟子達にやらせたいと言うので任せた。

船尾の艦橋である小天守の外壁には美少女が彫刻された漆を塗った銅板を追加する。

こちらは防御力を上げる目的もある。

銅板で重たくなるぶん小天守の屋根も、陶器で造られた瓦から、同じく漆を塗った銅板に変更してバランスを取る。

そしてマストの一番高いところには、世界を混沌《こんとん》の闇に返してしまうかもしれない強力魔法を放つ金色の闇の王バージョン美少女も頼んだ。

それらの装飾を一気に内密に施す。

左甚五郎の仕事は速く、1月の内にほぼ出来上がる。
○宮ハル○のスクール水着姿が七色に輝く超絶な船首像に、マストには金色に輝く魔法少女リ●・イ●バース、そして甲板の柵は1本1本にも細かく美少女彫刻が施された。
左甚五郎、最早《もはや》慣れている。

お初に気が付かれないように隠し隠し頑張って作ってくれた。

「流石《さすが》だ、甚五郎」

「慣れやしたから、んではあっしはお初の方様と顔を合わせないように笠間《かさま》に帰らして貰《もら》いますぜ殿様」

そそくさと身を隠しながら帰って行った。

船の飾りの萌化《もえ》が露見したのは完成してからだった。

「馬鹿じゃないの！　私が乗り込む兵の人選をしている間にこんなことするなんて！　まさか船にまでこんな装飾するなんて、本当少し痛い目に遭わないとわからないようね」

薙刀《なぎなた》を持って追いかけ回されてしまったが、萌の伝道師になっている俺は妥協をしたくはなかった。

「待て待て待て、船首の女の子は創造神なの！　マストの女の子は闇から有を作った創造神！　新たな時代を築く俺には大事な意味があるんだよ」

でまかせで誤魔化すと薙刀を地面にドンと叩《たた》きつけ納得しない顔ではあったが、

「創造神……そう言われると、うっぅぅくっ、仕方ないわね。しかし、創造神なら極々普通に筑波山《つくばさん》神社の神様にすれば良いじゃないの！って神様ってどんなお姿？」

「神様はみんな神々しい美少女」

ブスッ
「痛い！　尻を刺すな！」

「もう、知らない」

お初《はつ》に軽く尻の肉、薄皮一枚を刺されてしまった。

流石、免許皆伝の腕前、手加減を心得ている。

ふぅ～恐《こわ》い恐い。

それでもカメムシを噛《か》み潰したような渋い顔をして今にも薙刀で美少女像を一刀両断しそうだったが、装飾を施した者に生徒達が多く、その視線からかお初はグッと堪《こら》えていた。

ふふふっ、お初はチョロいな、今回も俺の勝ちだ。

茶々《ちゃちゃ》なら俺の口車なんてお見通しだろうから、こうはいかないだろう。

茶々に秘密で作ったら、縛られて毛抜きで全身の毛を1本1本抜く、じわりじわりとした罰を与えてきそうだ。

茶々は同感はしてくれていないが、もう俺の趣味を理解しているので、正直に「美少女で船を装飾する」と言えば諦めて、

「はいはい、好きにして下さい。ただし、無駄遣いは許しませんからね」

そう言うだろう。

さて、この船だが、家臣達には萌美少女戦艦と言う裏の名前が付けられてはしまったが良いできだ。

こうしてChampion of the sea HITACHI号が俺好みに完成したころには、春の足音が聞こえ始めて茨城は梅の花の匂いが漂っていた。

あっという間に1593年の2月末になり、待っていた他の2隻も届いたので、『Champion of the sea TSUKUBA』そして、『Champion of the sea KASHIMA』と命名する。

準備していた船首像、TSUKUBA号には伊邪那岐《いざなぎ》、KASHIMA号には武甕槌大神《たけみかづちのおおかみ》、

勇ましい筋肉隆々の男性をモチーフにした像を設置した。

お初はそちらの方が良いのにと見ていた。

残念だったな、目を離したのが運の尽きだ。ははははっ。

◇◆◇◆◇

1593年4月1日
装飾を施した『Champion of the sea HITACHI』と『Champion of the sea TSUKUBA』と『Champion of the sea KASHIMA』の航海の安全祈願の御祓《おはら》いを鹿島港で行う。

映画などで見る瓶を船首で割るような西洋式ではなく、極々普通の神式の御祓いを鹿島神宮宮司に粛々と執り行ってもらう。

榊《さかき》を祭殿に奉納し、最後に清めの白濁のお酒を口にすると、いつもとは違う不思議な風味を感じた。

「ん？ なんか違うお酒？ あれ、少し風味が違うような？ ちょっと作り方が違うような濁酒？ 酸味と風味が変わっているようだが……美味《うま》くないが、なんだか体が、いや俺の奥底に眠る性癖が欲している不思議な酒」

小声で言うと宮司が、

「本日は右大臣様の大切な門出の神事のため、より清めの力強き御神酒《おみき》、鹿島の巫女《みこ》が作りました口嚙み酒を用意したしだいに御座います」

御神酒を杯に注《つ》いでくれた黒髪ロングで中学生くらいの明らかに穢《けが》れを知らない雰囲気を漂わせる神秘的な美少女巫女と神楽を舞い踊ってくれた美少女巫女達《たち》を指さし、

「この巫女達が作りました」

「美少女の口嚙み酒……萌《も》える～～最高に萌える酒！」

不謹慎に喜びたくなってしまうが、そこは流石に抑える。

しかし、良いことを思い付いてしまうのが俺の悪い癖かもしれない。

美少女が作る口嚙み酒、商品になるぞ。

これは生徒達で試してみよう。

口嚙み酒は昔から日本では神事に使われてきた伝統ある酒、確かに清める力がより強い。人が嚙み砕いたご飯で作った酒、当然気持ち悪がる人の方が多いだろうが、作った者が美少女なら俺はむしろ飲みたい。

とある名作アニメ映画を友達グループで観《み》に行ったが、主人公の巫女が口嚙み酒を作ったのが映し出された。

それを観たとき「飲みたい」とボソリと俺は言ってしまった。

萌香《もえか》は目を細めて『うわ～』と、声に出さずに表情に出していたが、佳代《かよ》ちゃんは、

「お酒は二十歳《はたち》になってからだから、その時作ってあげるね」

小声で言って微笑《ほほえ》んでくれた。

貴志《たかし》と智也《ともや》も口嚙み酒への興味は理解してくれなかったな……懐かしい。

ん～それにしてもなんであの時、佳代ちゃんだけは俺の興味に同調してくれたのだろう？

科学に興味が強い子だったから、酒作りも実験の類いとして、そう言ってくれたのだろうか？　今思うと少し謎だ。

その謎を聞けることは、もうないだろう。

そう言えば平成時代、探検物テレビ番組でアマゾンなど森深い奥地の部族が、口嚙み酒を芋などで作っていて、それを探検家に歓迎の意味で振る舞っていたが、それを飲むのはかなり勇気が必要だと思ったな。

作っているのは女性とは限らないからだ。

誰が作っているかわからないと口嚙み酒は恐いな。

だが、うちなら嫁達、そして生徒達を限定すれば、俺は飲みたい。

ＶＴｕｂｅｒアイドル動画でコメント欄に『●●水が欲しい』などと、よくネタで書か

れているのを笑って見ていたが、推しが作る口噛み酒なら飲みたいというファンもいるはずだ。

いや、真面目に巫女が作る口噛み酒、祭殿奉納や神事に打って付けだし、各地の祭りに黒坂《くろさか》家から奉納する酒として作ってみよう。

飲む目的ではなく神前に捧《ささ》げる特別な酒だ。

評判が良ければ、売り出してみよう。

そんな横道にそれたことを考えながら粛々と『Champion of the sea HITACHI』『Champion of the sea TSUKUBA』『Champion of the sea KASHIMA』の御祓いの儀は終わった。

その後、紀伊《きい》に作られた九鬼《くき》水軍兵学校の卒業生の増援と共に、うちの兵士達が伊豆大《いずおお》島《しま》までの3隻の試験練習航海を実施した。

前南蛮型鉄甲船は伊達政宗《だてまさむね》の名代で受け取りに来た片倉小十郎《かたくらこじゅうろう》に渡し、同じく試験練習航海に同行させ次のオーストラリア大陸船出の準備を進めた。

◇◆◇◆◇

「当主伊達政宗に成り代わりまして右大臣様の当家への賜り船しかと受け取らせていただ

きます。船はこの小十郎が命を懸けて守ってみせます」

「かぁ〜久々に聞いたな、命を懸けるって、その強い思いは嬉《うれ》しいけど命より大切な物なんてないから、もしなにかあっても必ず船を捨てて逃げて、これは厳命、良い？　この船で培った技術を持つ者が次の船に乗ればまた戦力になる。一緒に沈んだなら海の藻屑《もくず》、役には立たないからね」

「経験が何よりも大切、この小十郎しかと胸に刻み学ばせていただきます」

「それでこそ伊達政宗の懐刀。船の名前は伊達家が大切にしている鹽竈《しおがま》神社の神にあやかり『塩土丸』とせよ」

「はっ、武甕槌大神を崇拝されていると聞く右大臣様の道先を進めますよう努めさせていただきます」

◇◆◇◆◇

常陸《ひたち》国立茨城城女子学校の生徒は一定の年齢になると、重臣達が見込んだ家臣達と見合いをして嫁いでいくようになっている。

料理・裁縫・読み書き・算盤《そろばん》を習得していることで他の大名の重臣に嫁ぐ者まで現れ、そのため入学を希望する者は後を絶たないでいる。

年々生徒は増え続けたので笠間城分校の他にも五浦《いづら》城分校・水戸《みと》城分校を作り、それに合わせて『右大臣黒坂常陸守《ひたちのかみ》真琴《まこと》直営食堂』も、各城下に出店もしている。

嫁ぎ先が決まらない生徒も機織り・養蚕業・食堂運営・陶器製造・絵師・薬師・踊り子、そして、お初が率いている兵など多岐に渡り活躍している。

そんな中、新しい産業を開始する。

生徒達が作る口噛み酒、それを萌《もえ》な美少女が描かれた常陸萌陶器に詰めて売ることを思い付いてしまった。

学校をとりまとめている茶々に言うと、

「萌陶器に詰めて売るのですか？　私にはそれが理解出来ません。それに常陸萌陶器がなぜに売れてるかが今でも理解出来ないのですが、千利休《せんのりきゅう》も花見の野点《のだて》には良いが、茶室には合わないと申しておりますし」

「わびさびの世界には確かにあわないけど、酒は違うだろ？」

「私は売れないと思いますけど、神事用酒作りその物は良いかもしれませんね。酒作りの場では女子は嫌われると耳にしますが、確かに神聖な御神酒は元来、巫女が口噛みで作っていたと文献で読んだことがございます。当家で御神酒として使うには良いかと。売るのは口噛み酒は反対ですよ。作って売れなかったら米の無駄にございます。売るなら普通に作りましょう」

「普通の日本酒では駄目なんだよ。そこは生徒達が作る口噛《か》み酒だからこそ付加価値が有るんだよ。うちの女子生徒達が作る口噛み酒、くぁ～萌える」

力説すると茶々《ちゃちゃ》は頭を抱えていた。

「わかりました。取り敢《あ》えず大樽《おおだる》一つだけ作ってみましょう。売れなかったら普通に日本酒作りにいたしますからね」

こうして口噛み酒作りが始まった。

茶々、わかってないな、俺みたいなちょっと変わった趣味嗜好《しこう》がある者が買うんだよ。売れない訳がない。

結果、俺がオーストラリアに行っている間に作られ販売された『美少女萌口噛み酒』100本は即完売。

話題を呼び、「右大臣様の不思議な力にあやかれるかも」などと尾鰭《おひれ》が付き、注文が大殺到し茶々はてんてこ舞いになったのを知るのはオーストラリアから帰ってきてからのことになる。

◇　◆　◇　◆　◇

オーストラリア大陸に出航の準備を進めている中、俺は地図を拡《ひろ》げ樺太《からふと》を見ていた。

するとお初《はつ》が、

「行きたいなら、遠回りになるけど行ったら良いじゃない。行き帰りで約20日、オーストラリアが消えてなくなるわけでも有るまいし、伯父上様からは準備が整ったと連絡はまだなのでしょ？　だったら会いに行くべきよ。私なら少しの時間でも会いに来てくれたなら、家族として嬉しいわよ」

俺の側室が増えることを一番苦々しく思っていたはずのお初が背中を押してくれた。

「ありがとう、背中を押された気分だ。試験航海の一環として樺太に一度向かうぞ」

「私が背中を押したわけじゃないわよ。姉上様がトゥルック達が北条《ほうじょう》に虐げられていないか見て来いって家臣をそっと送っているのよ。幸村《ゆきむら》に任せっきりだと冷遇されている側室にしか見えないでしょ？　だから、真琴様も時間があるなら直接行くべきよ」

「そっか、茶々は優しいな……」

「姉上様は黒坂の分家となったトゥルック達が気がかりなのよ」

茶々は誰よりも『黒坂』の名を重んじ、そして俺の血を受け継ぐ子が増えることを望んでいる。

その為《ため》、トゥルックやオリオンの生活を気にしている。

樺太行きの幸村の船と一緒に、『Champion of the sea HITACHI』で向かう。

10日の旅、無事に2年ぶりに樺太に到着する。

鶴美《つるみ》も同行させたかったが、産後少々体調回復に時間を要してしまった鶴美は、

「私は残るわ。船の旅は流石《さすが》に体に堪《こた》えますから」

そう言っていた。

お初もオーストラリア大陸へ行く準備があると同行しなかった。

今回、嫁達は皆が遠慮した。

留多加《るうたか》港には石垣の船着き場が造られ、しっかりとした港になり、さらに台場までもが造られ、ドーム型の小型建物が並んでいる。

天体観測の球体のようになっているドーム型の小屋には20の大砲が設置されており、港の入り口に砲口を向けて造られていた。

ドーム型住居の応用編だな。

「港の守りを堅牢《けんろう》に致しました」

「この港は樺太の玄関口、良いと思うよ。幸村が思い描くように海城と考えて造ると良いよ。なんなら藤堂高虎《とうどうたかとら》の手を借りても良いから」

「はっ」

「あのドーム型砲台だけど、石を組むとさらに良いと思うよ。あっ、うちの煉瓦《れんが》を組むときに使うコンクリートで塗り固めるのも良いね。トーチカって言うんだけど」

コンクリート、奇《く》しくも耐熱煉瓦と共に反射炉を作る材料として、俺のうろ覚えの知識から、古代ローマで使われていたとされるローマン・コンクリートと思われる物が開発された。

今はまだ、反射炉の増設で消費されているため、十分な量はないが、いずれは城の守りを高めるために、トーチカを作りたいと絵図にしてある。

それを幸村に見せると、

「なるほど、これを台場に設置すれば、守りは堅牢になりますね。少しずつ造っていきましょう」

「今はまだ飛距離が勝っているから異国船からの砲撃はないだろうけど、技術の差がなくなったら砲撃を受けるからね」

「御大将お得意の艦砲射撃、それを異国がしてくる。考えられることですね」

「ここは大陸が近いから余計にね。さて、俺はトゥルックの村に行かせて貰《もら》うよ」

「はっ、私は開発を進めさせていただきます」

北条の家臣達《たち》とは二三言葉を交わして先を急ぐ。

今回時間があまりないので、トゥルックとオリオンがいる村に向かう。

その地は豊原《とよはら》城と名付けられ空の土堀と土塁で囲まれた城、建物はドーム型住居ではあったが真田《さなだ》流築城術で建てられている城だ。

そこに入るとトゥルックは走って抱き締めてくれた。

その後ろで護衛となって滞在しているうちの家臣の陰に隠れながらオリオンが、ちょこりちょこりと恥ずかしそうに顔を出していた。

「お会い　したかった」

「去年は会いに来られなくてすまなかったな、少し情勢が変わり南にも力を入れなければならない。もし良ければ同行しないか？　オリオンは茨城城で育てさせる。茶々はけして他の子と差別することなく大切に育ててくれるぞ。航海に付いてこなくても茨城の城に住んだ方が会う機会は多いと思うが？」

茨城城に誘うとトゥルックは首を横に振り、

「私は　ココに　住むと　キメてますから。わかってます。お忙しいノ　だから、毎年来れないことは　カクゴしてます。茶々様の気持ち　わかってます。気にかけてくれていますから」

「そうか、すまないな。さぁ～どれ、オリオンおいで、父だぞ」

恥ずかしがるオリオンに走りより抱き締める。

「父だぞ。ごめんな忙しくて、中々来られなくて」

戸惑い泣きそうな顔をしたが、思い出してくれたのかギュッと小さな腕で抱き返してくれた。

「ちちうえさま?」

「そうだぞ、ごめんな、中々会えなくて」

「オリオンは、理解してますヨ　ちゃんと教えています。それに　常陸様の姿絵　茶々様が送ってくれたので　家に飾っております」

後からそれを見たが、流石、狩野永徳《かのうえいとく》、日本画と俺が教えた西洋画の技法が混ざり、写真並みに俺に似た肖像画だった。

茶々、気遣いありがとう。

「トゥルック、ありがとうな、オリオンを立派に育ててくれて」

「いえ　それより　泊まれますか?　今夜くらいは」

「うん、そのつもりで来た。オリオン、今日は一緒に風呂に入ろうな」

「はいっ」

その日は親子3人で囲炉裏《いろり》を囲んで、俺の膝の上に座るオリオンとともに食事をして過ごし、思い出のあの洞窟の露天風呂で3人一緒に満天の星を見上げ知っている星の名を語ったりして時を過ごした。

次の日、慌ただしく出航する際、オリオンは必死に足にしがみついてきた。

「ちちうえ〜ちちうえ〜」

それをトゥルックは優しくさっと離してくれる。

「父上様は　やることがあるのデス　オリオン　我慢しなさい　常陸様　お身体《からだ》お気をつけて　生きてさえいれば　必ず会えマス　その日を待っていマス」

そう言うと綺麗《きれい》なブルーの瞳にはうっすらと涙がにじんでいたが、決して流さぬようにと必死に堪《こら》えているのがわかる。

「必ず帰ってくる、ここは第二の俺の家だからな。二人こそ体に気をつけて」

「いついつまでも　待ってマス」

トゥルックとオリオンは大きく手を振り見送ってくれた。

真田幸村はそのまま樺太に残り開発の続きを始めた。

◇◆◇◆◇

《北条氏規《うじのり》》

「うぅぅぅ、常陸《ひたち》右府様がお越しであったか、お会いしたかった」

「殿、お身体に障ります。お休みを」

「我が命、そう長くはあるまい。北条の家存続を常陸右府様にお願い致したかったのだが」

「殿、そのような弱音を吐いてはなりませんぞ。殿が北条の家を盛り立てなくてどうするのです」

「そうであるな……少し疲れた」

「薬を飲んでお休みを」

◇◆◇◆◇

茨城城に帰ってから前田慶次《まえだけいじ》と真壁氏幹《まかべうじもと》に登城を命じる。

「御大将なんですかい？　呼び出しなんて珍しい」

ほぼ自由にさせている慶次が、ぽりぽりと頭を掻《か》きながらめんどくさそうに言った。

「前田慶次、Champion of the sea TSUKUBA、真壁氏幹、Champion of the sea KASHIMA、それぞれを艦長に任じ、オーストラリア大陸への同行を命じる」

船旅にいつも同行している真壁氏幹は、

「1隻を任されるとは光栄なこと、御大将の進む先を守ってみせましょう」

胸を張ってしっかりと返答し、慶次は、

「おっ、俺も遂《つい》に異国に行ける？」

まるで遊園地に連れて行って貰えるとわかりワクワクしている子供のような笑顔に変わった。

「あぁ、あの船は信頼できる者にしか任せられないからな、あの船の作りを異国に知られたくはない。艦長が裏切り者を始末出来るほどの腕を持っていないと任せられない」

「この真壁氏幹をそこまで信用くださるとは嬉《うれ》しき限り」

かしこまる真壁氏幹とは正反対に前田慶次は手を叩《たた》いて大笑い、

「あはははははっ、あはははははっ、御大将、うちの家臣でそんな阿呆《あほう》出るわけがない。み〜んな、お初《はつ》様とお江《ごう》様が見極めて追い出しちまったもん。宗矩《むねのり》なんかしこたま道場でしごいて追い出してたぜ。だが、そんな大切な1隻を任され異国を目指す。この前田慶次、男を見せてやりましょうぞ」

「うっうん……男を見せるっていまいちピンと来ないけど頼んだよ」

南蛮ガレオン船をベースにした船は鉄貼りで造られた鉄甲船、大量の大砲を積んでも耐えられるように設計が進化している。

それはガレオン船の域を超えている最新鋭の船、さらには大砲も未来の知識を使って格段に射程距離・威力が高い。

それが家臣の裏切りにあい、異国の手に渡ってしまうと同型艦や同じような工夫をした船・大砲が造られてしまう。

そうなっては、この大航海時代を有利に進めなくなる。大切な秘密を抱えた船。

二人が鹿島港で出航の準備をしていると、仙台から伊達政宗《だてまさむね》が俺の前南蛮型鉄甲船に乗り合流した。

今回の渡航に付いてくる主《おも》だったうちの者は、お初、桜子《さくらこ》、梅子《うめこ》、ララ、前田慶次、真壁氏幹、最上義康《もがみよしやす》、左甚五郎《ひだりじんごろう》、妻同伴の若い兵士に大工衆も交ぜた総勢900人。

それにプラス馬5頭・鶏80羽・豚20頭。

船はぎゅうぎゅう詰めだ。

伊達政宗は正室愛姫《めご》、片倉小十郎景綱《かたくらこじゅうろうかげつな》、鬼庭綱元《おににわつなもと》、支倉常長《はせくらつねなが》、妻同伴の家臣達総勢200名を船に乗せている。

「右府様、この政宗異国の地で名を轟《とどろ》かせてみせます」

「政宗殿、いざ」

「いざ」

一度、大坂城港に入港すると港は大船団60隻が集結している。

流石《さすが》に全てが鉄甲船でなく織田信長《おだのぶなが》水軍と、うちの黒坂《くろさか》水軍、それに組み込まれている伊達政宗、羽柴秀吉《はしばひでよし》・前田利家《としいえ》・蒲生氏郷《がもううじさと》にそれぞれ1隻ずつ、他はサン・ファン・バウティスタ号のように木造ガレオン船だ。

それでもこの時代の最高の水軍であるのは間違いない。

城に入るとすでに羽柴秀吉、蒲生氏郷、前田利家が入城していた。

「おっ、きたか、豪州統制大将軍として皆に申し付けることが有るだろう」

織田信長は挨拶の間すらなく単刀直入に言ってきた。

「えっと、これから行くオーストラリア大陸は広大な土地が有りますが、住むのに適した地域は少ない。そこに住み開発をしていくのですから先住民アボリジニの人達と共生出来るように努めてください。アボリジニは敵ではなく仲間です。敵と言うか競争相手になるのはおそらく少し未来の南蛮人、それまで国力を高めたい。よろしいですね？」

「何事も常陸右府様の言う通りにいたします」

伊達政宗がすぐに返事をすると続いて前田利家が、

「異国のことは何事も常陸右府様の命じるままに」

そして蒲生氏郷が、

「常陸様、あなたをまた御大将と呼べる日が来るとは嬉しく思いますぞ。義叔母上様からも力になるよう念押しをされました」

お市《いち》様、助かります。

「奪い取ってはいかんだがみゃか？」

羽柴秀吉だけは納得していない返事、

「欲しい資源は砂漠の広野、今はまだ採掘は難しく、また採掘するにしてもアボリジニの協力は絶対に必要になるので、自給自足ができる拠点作りが主な目的。奪うことで起きる争いに時間をかけていては南蛮の国々に攻め込まれたら敵は大陸と海と両方になってしまいます。オーストラリア大陸を異国に取られたり共有や分割統治などはしたくないです。前回既に約条を結んだアボリジニとは仲良くやって下さい」

「砂漠とは？」

まだ納得出来ない羽柴秀吉は質問をしてきた。

「広大な砂の平原、御自身の目で見れば無理を感じるかと。そう言えば羽柴殿は鳥取攻めをしたことがあったはず？　あの海岸より広大な砂の平原が続きます」

「猿、3日もあの砂の平原を歩いたなら干からびるぞ。戦などしてられん」

「上様がそう言うなら信じますだみゃ」

そう言えば羽柴秀吉、見ないうちになんかたくましく生き生き生気が溢《あふ》れる男になっていた。

九州の領地は甥《おい》の秀次《ひでつぐ》が羽柴家家督と共に継ぐことになったそうだ。後見人に、羽柴秀長《ひでなが》がなると聞く。

羽柴秀吉の弟、具合が悪かったらしいが、うちのとても臭い謎精力剤を無理矢理、母のなか様に飲まされて回復したらしい。

凄《すご》いな、うちの謎薬、プラシーボ効果かな?

「あっ、それと、オーストラリア大陸に持ち込んで良い物と持ち込んで駄目な物を言いますから厳守してください。馬・豚・鶏・羊・山羊《やぎ》・犬は人間の手でなんとか管理が出来ますので持ち込みは良いですが、逃げ出すと捕まえるのが大変で増えやすい猫・狐《きつね》・狸《たぬき》・猪《いのしし》・鹿や、蛙《かえる》・鼠《ねずみ》など小さな生き物は持ち込まないよう気を付けてください。特に鼠は船の積み荷に紛れ込みやすいので、航海の間、船で巣食っていないか何度も何度も確認して下さい。逃げ出せば勝手に繁殖してしまいます。オーストラリア大陸は長年離れた大陸として動物達《たち》は独特の進化を遂げたので、思わぬ物がその生き物を滅ぼしかねなくなるので注意をはらって下さい。詳しいことは絵と一緒に纏《まと》めた物を配るのでそれを読んで役に立てて下さい」

「だっ、そうだ。皆、常陸に従え。儂《わし》もあの珍しい生き物達に害を与えたくない。珍しき生き物達が見られなくなるのは我が目的であるこの目で全ての物を目にしたいという野望に反する行い。未来の者も儂と同じように目に出来ぬ世になってはいかんのだ。儂の命と思って良い」

言っている意味がいまいち伝わらなく返事に困っている4人だったが、

「良いな、皆、常陸に従え。上陸する前に必ず鼠などいないか徹底的に船を確かめよ」

織田信長が念押しすることで、命令になった。

「「「「かしこまりましてございます」」」」

出発前の挨拶が終わると羽柴秀吉が隣に来て、

「いや～右府様が送ってくれた漢方を飲んでたら力がみなぎって来たがや、ありがとうございます。秀長なんて息を吹き返しましたからな」

「ははははっ、あれが効いているとは良かった良かった」

「毎夜毎夜が楽しみで」

前田利家が、

「秀吉、その辺にしておけ。それより常陸右府様、これはうちの息子から是非にと」

風呂敷包みを渡された。

うん、やってしまった。

蒔絵《まきえ》が施された手文庫。

その蒔絵は間違いなく俺が送った絵をモチーフにして作られた美少女が描かれている。

言うなれば美少女萌《もえ》蒔絵となっていた。

この後の加賀《かが》の文化は大丈夫なのだろうか？　広めておきながらも心配だ。

手文庫に描かれた美少女が『なんだかな～だよね』と、俺に言っているように感じた。

「美少女萌蒔絵も良いですが、家紋や草木、風景、鳥などを蒔絵にするのも好きなのでお伝えしてください。これは有り難く使わせていただきます」

「家臣に手紙を届けさせます。いや～生き物のこと、松《まつ》から聞いていますぞ、人間のように大きな狐が茨城城で飼われていると子供のように喜んで語っていました」

「大きな狐？　あぁ～カンガルーって言うんですよ。で、松様は？」

「松は船で今か今かと出港を待っておりますぞ」

そんなやりとりのあと、皆、出航の準備に取り掛かる。

新造されていたKING・of・ZIPANGⅡ号同型艦はそれぞれ1隻ずつ、羽柴秀吉、蒲生氏郷、前田利家に与えられている。

そして、織田信長は船首にKING・of・ZIPANGⅢ号と書かれている船に乗船した。

全長：100メートル　最大幅：25メートル

マストは4本

船の片側に36の大砲が砲口を覗《のぞ》かせている。

左右両方合わせれば72門、さらに前方真っ正面に8門、後方に4門、計84門の大砲が見える。

今までの南蛮型鉄甲船よりさらに大きくなった新造艦を軽く見せてもらう。

船尾には3階建ての小天守があり船の中は4層式、ガレオン船を通り越して戦列艦級の船になっていた。

約150年造船技術を早めてしまっている。

この船が量産されたなら世界を征するのも夢物語ではないだろう。

旧KING・of・ZIPANGⅡ号は淡路《あわじ》丸と書き直され森蘭丸《もりらんまる》が艦長になる船に変わって

オーストラリア大陸に向けて出航の合図の法螺貝《ほらがい》がけたたましく鳴り響いた。

俺は話が有るため、織田信長の船で共に出港した。

信長の船は最早《もはや》完全に海を走る城。

4畳半の茶室が天守2階にあり、ひさびさに信長が点《た》てた茶を飲む。

「くぁ～やっぱり美味《うま》いな～」

織田信長のお茶は心に染み悪気物を洗い流すような清々《すがすが》しさがあった。

「バチカンへの使者だが、高山右近《たかやまうこん》に命じたが信雄《のぶかつ》が行きたいと申したので、使節団長に任命し共に派遣させた。信雄が自ら申し出るなど嬉《うれ》しきことゆえな」

「そうですか、信雄殿がですか？　まぁ、予想外では有りますが大丈夫でしょう。流石に一国の王の息子に危害を加えるのは考えにくいので。返事が来るまで最短で2年くらいでしょうか。その後は返答次第でどうなるかが勝負です。どうやら俺が知っている時代とは最早かけ離れてますから」

「と、言うと？」

「無敵と言われるスペイン艦隊がまだ存在するみたいですからね、おそらく我々の動きに警戒し、ヨーロッパの国々は近隣との争いを避けているのでは？　と、思えます。戦力を失わないように」

今井宗久《いまいそうきゅう》が南蛮商人から耳にした情報を逐一報告してくれている。

「吉利支丹《きりしたん》の王が纏めて、南蛮の国々が手を組んでいる可能性もあるのだな」

「可能性としては。そういうことになれば大海上決戦になりますね。当家では鉄を増産し大砲生産を命じて来てはおります。それにさらに新式の銃も開発に取りかからせました」

「ぬかりなしか、まあ良い。それより良い機会だ聞いておこう。常陸《ひたち》は儂をどうしようと考えているのだ？」

「世界の覇者になっていただき、秩序になっていただきたいと思ってます」

「秩序？　世界の支配者ではなくてか？」

「はい、政教分離を世界に広める覇者です。俺の時代は世界は宗教間対立で戦争を続けていましたから。それをなくす為《ため》に神々は敬う物であるが政治には関与させない、そういう秩序を構築したいと考えています」

俺が織田信長を高く評価しているのは政教分離の礎を作った男だからだ。

織田信長が比叡山《ひえいざん》焼き討ちと、一向宗を容赦なく叩《たた》くことをしなければ、寺社勢力の影響力は後世まで続いていた可能性が高い。

比叡山焼き討ちをし、石山本願寺で抵抗する一向宗徒を容赦なく殺した。

そうすることで、他の寺社勢力が政治関与から一線を引くようになった。

後に開かれた徳川《とくがわ》幕府はその恩恵もあり、寺社勢力を抑え込むことに成功している。

「なるほどな、神仏の名を借りて人が殺し合う行為は愚の骨頂だ。それをなくす為に儂に世界の覇者になれか？　おもしろい、本当に常陸はおもしろい。よかろう、一度失いかけた命だ、付き合ってやろう。それに付き合えば儂の目的である世界を目にすることも叶《かな》うのであろうからな、常陸が担ぐ神輿《みこし》に乗ってやる。しかし面白いの、神仏の力を使う常陸が神仏を否定するとは」

「神仏の否定ではないんですけどね、敬い信仰をしてはいますし神仏の力だって借りています。ただ、寺社に特権を与えていません。寺社は人の心のよりどころとして静かに崇《あが》める場所として政治とは一線を引いています。それを世界にも広めたいのです。神仏の名を借りた争いに正義はないと思っていますから。世界を目にするのは信長《のぶなが》様が長生きしてくれないとどうにもなりませんよ。それは俺にはどうにも出来ませんからね」

「ぬははははははっぬはははははっ、そうであるな、ぬはははははははっ」

「笑い事ではないですよ」

「あぁ、わかっている。医食同源を常に心がけている。ぬはははははっ」

そう豪快に笑いながら世界地図を眺め、

「天下布武の天下が日の本だけでなく、世界になる日が来ようとはな、いや～本当に愉快じゃ」

目をギラギラと輝かせている織田《おだ》信長と別れ、俺は小船で自分の船に戻った。

南蛮型鉄甲船と木造ガレオン船60隻の大船団は島々で補給をしながら南下する。

食糧は兵糧丸や干し肉・撲殺出来るほど硬い干した鱈《たら》、焼けば塩の結晶に纏われる荒巻き鮭《じゃけ》、野草の塩漬け・ぬか漬けなど保存食を積載限界まで積んでいるが、やはり新鮮な水は必要だ。

マリアナ諸島の島々にも船を分けて補給のために寄港すると思わぬ事態が発生した。

それはグアム島での事件だった。

港に接岸しようとしていたら前回の寄港で踊りを見せてくれたチャモロ人が俺たちの船を確認すると、大きな雄叫《おたけ》びをあげ木で作られた槍《やり》を持ち、支配していたスペイン人に襲いかかっていく。

「ちょっと真琴《まこと》様、港が急に大変なことになっているわよ」

一斉蜂起したチャモロ人に対して、スペイン人が火縄銃を撃ち、西洋刀を抜き応戦する。

「すぐに下船、戦いに参加する」

「真琴様、どっちの味方に付くの？　南蛮人？」

「いや、チャモロ人に加勢する。余程虐げられた暮らしだったのだろう。我らを見て蜂起したってことは俺たちなら助けてくれるとふんだからではないか？」

するとラララが、

「噂《うわさ》が流れてきたのかもでありんすなぁ～」

「ラララ、どういうこと？」

お初《はつ》が問いかけると、

「島の民は海の民、漁に出て荒れれば他の島で休ませて貰《もら》うこともありんすよ。もしかしたら、上様や御主人様が日本国にした島々の噂が耳に入ったのかもでありんすなぁ。御主人様は彼らの生活まで介入しないでありんすから。交易と補給、そして開拓が目的、南蛮人は自分たちの文化を強制的に押しつけているでありんすからな」

「兎《と》に角《かく》話は後だ。お初、下船を急がせてくれ」

織田信長が支配圏を拡《ひろ》げている島々、武力を用いて上陸、制圧はするものの降伏後は自治権はそのまま与えた形で日本国に併合している。

今までの生活や文化を奪う政策はしていない。

その代わり日本国の船が補給が出来、他の国に属さないことを約束させている。

食糧・水の補給の代金は、反物や陶器などと物々交換。

搾取ではない対等な交易に近い。

だが、スペイン人は自分たちの宗教を押しつけ文化を押しつけ、教育という名の洗脳をし、そして搾取している。

奴隷として連れ去ることも当然ある。

先住民を人間として扱っていない。

そのことに強い恨みを積もらせていたのだろう。

「乱戦になっている様子、艦砲射撃はせず上陸してスペイン人を追い出す。この戦いは正義の戦い、無駄に殺さずスペイン人を自分たちの船に誘導し逃がす」

「え？　あそこに停泊している船、今なら撃沈も奪うことも簡単なのに？」

お初は甲冑《かっちゅう》を着けながら言った。

「それでは俺たちも略奪者になるだけ。あのような旧式の船なら海上で会っても敵ではない。すぐに沈められる」

「真琴様、それは油断よ」

「そうか？」

「そうよ」

「なら、お初の考えは？」

「あの南蛮船３隻、佐助達《さすけたち》に密《ひそ》かに乗っ取らせる。あとは殲滅《せんめつ》戦よ。降伏した者はチャモロ人に渡すのよ。裁定は彼らに」

「降伏しなかったら？」

「皆殺し」

それを聞いていた最上義康《もがみよしやす》の顔が、ぶんず色に変わり肩をカタカタと震わせていた。

「あれ、僕なんで震えているのかな」

最上義康にとって戦はこれが初めてだった。

「義康、これが戦。俺が久慈川の殲滅戦を見ていたときの俺の反応とそっくりだ。恥じるな。恐れは当然のこと、それを恥ずかしいなどと思い焦るなら戦場には連れて行けぬな、命を落としかねない」

「……はい」

震えを必死に止めようとする義康を横目に少し戦略を考えた。

「ラララ、ここの住民と言葉は交わせそうか？」

「難しいけどやってみるでありんす。敵対の意思がないことを示す踊りを見せれば」

「なら、ラララは一番砂浜からそれが見える艦首で頼む」

「この戦い、お初の案を採用する。佐助、才蔵《さいぞう》は忍びを引き連れ南蛮船を奇襲、占領を命じる。他の者は俺と上陸だ」

「駄目よ。大将が敵陣に突っ込むなんて以《もっ》ての外《ほか》」

「だが、お初」

「私を信じられないって言うの？　私の家臣、紅常陸隊の強さ見せてあげるわ」

「わかった。だが、義康、小船で慶次《けいじ》と氏幹《うじもと》の船に行き今の作戦を命じて参れ。それと氏幹にはお初の隊の支援を」

「はっ」

震えながらもさすがは武士、急いで小船に乗り移り停泊している真壁《まかべ》氏幹の船に向かった。

「お初、いや、全ての家臣に命じる。無理はするな。自分の命必ず持ち帰れ、良いな」

「「「「おーーーーー」」」」

お初は紅常陸隊50人を引き連れ颯爽《さっそう》と砂浜に降り立つと、紅常陸隊に、火縄銃を持っているスペイン人に狙いを定める指示を出して一気に撃ち倒した。

不意を突かれたスペイン人はさらに混乱した。

慌てふためくところを武器を背負っていた薙刀《なぎなた》に換えさせると、紅常陸隊はスペイン人に斬りかかり西洋刀を真っ二つに斬っていた。

流石《さすが》、選《よ》りすぐりのメンバーだな、強い。

それを見ていると、佐助達が向かった船に抱き沢瀉《おもだか》の旗が掲げられた。

真っ赤な甲冑で揃《そろ》えられた前田《まえだ》慶次の隊は島の奥まで向かって行くのが見える。

「おらおらおらおら、南蛮人共、貴様らのやり方は昔っから気に入らなかったんだ！　この慶次が人を物と扱う者どもを退治してくれる」

慶次に任せておいて大丈夫だろう。

お初が砂浜に陣を張ったので、そこに向かうと、

「どう？　私が鍛えた彼女達は？」

「申し分ないな」

「でしょ？」

「お初が何人もいるみたいで恐《こわ》い」

「失礼ね」

「痛い痛い、つねるなよ、褒めているんだから」

仮面を上げていたら、ほっぺを思いっ切りつねられた。

「私にはそうは聞こえなかったけど」

島の奥からうちの火縄銃改の音が鳴り響き、森に棲《す》む鳥たちが一斉に空に飛び立つ。

しばらくその音を聞きながら待っていると、ラララも下船してきた。

そのタイミングに合わせたように、年老いたチャモロ人が近づいてきて、ラララに話しかけてくる。

ラララは言葉が通じるようで何やら説明を続けている。

しばらくして、

「御主人様、やはり噂は届いていたみたいでありんすなぁ。今までの暮らしを約束してく

れるなら日本国になると申し出てきたでありんすよ」

老人はチャモロ人の代表だそうだ。

ラララと言葉が通じたのは、昔、ハワイから流れ着いた漁師を助けたからだと後から聞いた。

「ラララ、うちの日本国編入の説明して。それが納得出来るなら血判状をもって日本国に編入とし支援するから」

「はいでありんす」

夕方には、血判状に署名された。

スペイン語でたどたどしく名を記す腕には、細い棒で叩《たた》かれたような無数の傷が見えていた。

これが支配される側か。

この見えている痛みよりさらに大きな痛みを体だけではなく心にも持っているのだろうな。

日が沈み辺りが暗くなったころ、前田慶次の家臣が、

「大殿様に伝令、森に入った南蛮人のほとんどを捕縛いたしました。御指示を」

「前田慶次に伝えよ。この島は本日より日本国となった。だが、統治はチャモロ人に任せる。その者達の裁きもチャモロ人に任せる。よって引き渡してくれ」

「はっ」

前田慶次隊に捕縛されたスペイン人の後のことは全て任せた。

「御大将、本当に渡して良かったので？」

「彼らはきっと殺されるだろうさ」

「それをわかっていて引き渡すって御大将も随分とこっちに馴染《なじ》んできましたな」

「もう、この時代の人間だよ」

「ん？　今なんと、おっとこの慶次、耳が遠くなったかな？」

そう言って、前田慶次は酒瓶を持って兵達に酒を注《つ》ぎに行った。

「でも真琴様は萌《も》えを押しつけてるわよね」

「……お初、あれは押しつけてないし」

「どうだか？」

「うっ」

「それよりこれからは南蛮人を敵にするのね？」

「敵にせざるを得ないと言うかなんというか、見て見ぬふりは出来ない。彼らの侵略は酷《ひど》い。文化の破壊、そして奴隷、略奪、様々な生き物の種《しゅ》が滅亡するくらい酷い乱獲、それは止《や》めさせる。次のバチカンへ使者を送るときに、そのことを止めるようしたためるつもりだ」

「種が滅亡？」

「あぁ、例えば北斗《ほくと》が気に入って乗っている陸亀のいくつかの種や、ドードーと言うマダガスカルに棲む鳥なんか、食糧として乱獲する。俺の世界ではもう見ることが出来ない種だった。文明人としてあるまじき行為だと俺は思っている」

「それが真琴《まこと》様がいた世界……未来。それは変えさせるべきね」

「そうだろ？　全面戦争は避けたいから交渉して決まり事を作りたいと思っているが」

「聞き入れられると良いわね」

「うん」

大航海時代の悪《あ》しき行い、それは俺が止めないと。

俺が大航海時代に踏み入った意味のような気がしてならなかった。

グアム島を出発して南下を続けると、他の島々も同じように日本国編入を相手から先に申し出てきた。

「御主人様、またでありんすよ」

「そうか、ラララ使者との交渉を頼んだ」

俺の船に近づいてくる、丸太を削って作ったであろうカヌーから大きな声が聞こえる。

それにラララが対応する。

ラララの語学力は天才的だった。

渡る島々の言葉を短時間で習得、使者として現れた者に、日本国に入れば自治権を認め支配しようとする南蛮・西洋人から守ることを条件に併合した。

大砲を撃ち込んで脅したり一戦交えたりしているわけではないのだが、良いのか悪いのか、一気に南下ルートは日本国になってしまった。

そして、織田信長《おだのぶなが》が攻略に少々てこずっていたパプアニューギニアも例外ではなかった。

内陸に潜み、織田信長が占領した港の奪還の機会を狙っていた先住民族は、戦艦の多さに驚き、砂浜に部族長が出てきて降伏した。

パプアニューギニア？　ん～あれ、もしかしてパプアニューギニアって国の名前で島の名前ではなかったような……。

まあ、俺がそう名付けてしまえば、その名前になるのだから良いだろう。

パプアニューギニア島で。

島や海峡の名前などは大航海時代に初めて見つけた南蛮人冒険家の名前や、現地の言葉の聞き間違いで名付けられているのだから。

俺の学力と記憶力の間違いで名付けてしまっても問題などないだろう。

「真琴様、こんなにすんなりと事が進むなんてなんだかおかしいわね」

「お初《はつ》もそう思うか？」

地図を二人で眺めていると、

「常陸《ひたち》様、お初様、皆この船に宿りし神を恐れているでありんすよ。シャーマンには見えているそうでありんす。船首とマストが神々しく光り輝いて神が宿っていると言っているでありんすよ」

スクール水着美少女艦首像と、マストてっぺんに取り付けた金色の魔道少女、声優はどちらも確かに神だったが。

「え？　あの萌え美少女に？　真琴様、なにかしたの？」

「いや、特には心当たりはないけど？　それに俺は何も感じないし」

創造神や破壊神の力を借りた覚えはないのだが各地のシャーマンには何かが見えているそうだ。

俺が感じられる力とは別の何かが宿り、後押しをしているのかもしれない。

「お初、萌えの力に感謝だ」

「うぬぬぬ、あぁ聞こえません。私には何も聞こえません。絶対に美少女萌《もえ》彫りなんて認めません」

そう叫んだ後、お初は下唇を噛《か》み締め納得出来ない顔で、船首像を睨《にら》み付けていた。

◇◆◇◆◇

60隻の大艦隊は幸運にも大きな事故などなく、オーストラリア大陸での拠点であるケアンズに1ヶ月半ほどをかけて到着することが出来、ケアンズ城近くに艦隊は停泊した。

信長は俺に全て任せると言葉を残し、船上から見つけたジュゴンや海ガメと泳いでいた。

俺にオーストラリア大陸のことは任せると言い、グレートバリアリーフを白い褌《ふんどし》姿で泳ぐ織田信長、この光景を誰が想像出来ただろうか？

アクティブに海水浴を楽しむ織田信長の姿は不思議な光景だ。

長く仕えている前田利家《としいえ》でさえ驚いていた。

「上様が、あんなに楽しんで泳いでいる姿、初めて見た」

「ふふふふふっ、私も泳ごうかしら」

「え！　松《まつ》様も泳げるの？」

「馬鹿にしましたわね！　私だって泳げます」

「右府様、松を焚《た》き付けないでください。松、やめておけ」

「松の泳ぐ姿など見たくもない」

後ろからボソリと小声で言った慶次の言葉を松様が聞き逃すはずもなく、慶次は追いかけ回されていた。

ケアンズ城は砦《とりで》レベルなので兵士たちは全員入れる大きさは勿論《もちろん》ない。

羽柴秀吉《はしばひでよし》、前田利家《まえだ》、蒲生氏郷《がもううじさと》、森蘭丸《もりらんまる》、伊達政宗《だてまさむね》そして俺が一室に集まりこれからの指示を出す。

「えっと、オーストラリア大陸の持ち場となる場所を指示します」

「我らは常陸右府様の与力、家臣同然として働くよう上様に命じられております。遠慮なさらず命じてくだされ」

「利家殿助かります。では遠慮せずに命じさせていただきます」

オーストラリア大陸の地図を広げる。

平成時代での地名を書いてしまっている地図。

扇子を腰紐《こしひも》から抜き取りそれで指し示す。

「羽柴秀吉、メルボルンに拠点となる城を築くとともにタスマニア島占領を申し付ける。

前田利家、シドニーに拠点となる城を築くとともにニュージーランド島占領を申し付ける。

蒲生氏郷、カーナーヴォンに拠点となる城を築き西の守りを固めよ。

伊達政宗、ダーウィンに城を築き北の守りを固めよ。

森蘭丸はこのケアンズ城をさらに強固なものにしてくれ、信長様に相応《ふさわ》しき城にする」

先ほどの前田利家の言葉通り拒否する者はいないが羽柴秀吉が、

「右府様はなにをするだがみゃ？」

「俺は取り敢《あ》えずアボリジニに贈り物をするなど先住民との仲を深め、また左甚五郎《ひだりじんごろう》にパネル工房を造らせ各地の城に供給出来るようにする」

今回もパネル工法建築を採用する。

その為《ため》に左甚五郎を連れてきた。

「ほんなことせず、武力をもって制圧してはどうでみゃか？」

「アボリジニ・先住民とはとにかく共生の道を模索して武力対立は避けてください。戦う相手はこの大陸に注目しだすであろう南蛮の国々、無駄に武器弾薬など使わず今は守りを固めてください。ニュージーランド島やタスマニア島などは島と言うがかなり大きい土地、それを占領すれば守るのに戦力が分散されてしまう。しかし、早く手に入れておかないと他の国々に先を越されてしまう。そうなると厄介なので、この大陸一帯を一気に片付けてしまい、そして守りを固めたいと考えています。かなりの物量を必要とするので日本本土からの輸送を活発にさせますが、ここでの生産にも力を入れます。いずれはここが日本国の食糧庫になるように農業改革を進めます。ここを第二の日本国として作り上げる。それは後世まで続く大事業、今までより遥《はる》かに大変な仕事、よろしく頼みます」

前田利家が秀吉の肩を叩《たた》き、それ以上意見を言わせないようにしていた。

「それと、兵士が下りた船は船団を組んでそれぞれ20隻ほどに分けて日本に帰して、物資の輸送をするよう手配してください。これは九鬼《くき》水軍に任せるので手配を蘭丸お願いします」

「はっ、万事滞りなく」

一通りの指示を出し終えたタイミングで、

「は～泳いだ泳いだ。あの生き物共を捕まえて武丸《たけまる》に送ってやれ」

褌一丁で海から上がってきた織田信長は上座に腰を下ろすとすかさず、

「異国は面白いの～、儂《わし》は世界をもっともっと見たい。この大陸で力を付ければそれは可能なはず、そうであろう？　常陸」

「そうですね、ここで採れる鉄鉱石をうちの反射炉に送れば鉄は無限に作れるので、船だけではなく新しい鉄砲や大砲なども作れますから」

「だそうだ。皆、儂の夢を叶《かな》えるため力を惜しまず仕えよ。良いな」

「「「「はっ」」」」

「ならば、評定はこれまで。常陸、付き合え、あの海の獣生け捕りにするぞ」

「うわ、無茶苦茶過ぎますよ。ジュゴンうちでは飼えませんから」

「そうか？　霞ヶ浦《かすみがうら》と言ったか？　あの湖では飼えんのか？」

「淡水で生きられるのかな？　魚ではないから大丈夫なような？　ジュゴン……餌はキャベツだかレタスだか食べるのを動物特集で見たことあるような？　ん〜、いや、そもそも適温ではないからすぐ弱ってしまいそう……やはり無理ですよ」

「温泉で飼えば良いであろう？」

「温泉でジュゴン……無理ですって」

「そうか？　つまらんのぉ」

生き生きとした織田信長の表情に前田利家達《たち》は嬉《うれ》しそうにし、その笑顔が満たされ続けるよう決意した面持ちを見せ解散した。

それぞれは持ち場に向かうよう準備を始めた。

◇◆◇◆◇

《利家と秀吉》

「なぁ〜あの上様の顔を見たか？」

「もの凄《すご》く楽しんでおられただみゃな」

「俺はあんな顔を桶狭間《おけはざま》の戦い、いや、家督を継がれる前、野山を駆けまわって雉《きじ》など仕留めていた頃に見た記憶がある」

「わしゃ〜あんな顔を見るのは初めてだみゃ。ずっと何かと戦う鬼のような顔をしておられただみゃ。眉間に皺《しわ》を寄せいつも怒っていただみゃ」

「本来の上様のお顔はあのように穏やかなのやもしれぬな」

「天下布武、日の本の民が苦しまぬ世を作ることを信念に戦ってきた上様……神様がご褒美の時をくだされたのかも知れぬだぎゃ」

「あぁ、きっとそうなのだろう。儂たちはそれに付き合わされている。選ばれたのだ、ととことん付き合わねばな」

「そんなーおみゃーさんに言われなくてもわかってるだみゃ、又左《またざ》、どっちが任された地を繁栄させられるか競争だぎゃ」

「望むところ」

◇◆◇◆◇

評定のあと信長に付き合えと引っ張られ海に行くと、大きなウミガメがひっくり返され縛られていた。

亀を亀甲縛り……。

良いのだろうか？

「あの～この亀もうちの城では飼えませんからね」

「いや、こいつに竜宮城まで案内させる」

「好きにしてください」

「ん？　あるのか？」

「ないです」

「残念だのう」

「えっ、ないの！　こんな綺麗《きれい》な海だからあると思っていたのに、夢を壊さないで下さい」

お初、茶々《ちゃちゃ》にそういう所は似ているのね。

意外と冗談好きな織田信長《おだのぶなが》、童話に夢見るお初の姿がほほえましい。

「せっかくだから泳ごう。ラララ、積んできたよね？　スクール水着」

「着替えてくるでありんす。お初様も一緒に」

「えぇ、私はいいわよ」

ラララが強引にお初達を着替えさせた。

スクール水着、一番似合っているのはチッパイお初だったがそれは黙っておこう。

ラララが率先して泳ぎ始めると、お初達も続いた。

透き通る海はブルーを通り越してまるで空を泳いでいるほど。遠浅の海を堪能しているとジンベエザメが寄ってきた。

「鮫《さめ》よ！　大きな鮫、逃げて」

「あ〜ジンベエザメか、そいつ、人は食べないから大丈夫だよ。大人しい鮫だから」

ジンベエザメから俺を守ろうとするお初《はつ》、

「え？　そうなの？」

「小さなオキアミとか食べている温和な鮫なんだよ」

「御主人様、この鮫は食べられますか？」

腰にくくりつけていた鉈《なた》を両手に構える梅子《うめこ》、

「やめてあげて、食べられるのか知らないし、美味《おい》しいのかすらわからないから」

「そうですか？　御主人様がそう言うならです」

残念がる梅子に銛《もり》に突き刺したカラフルな魚を渡すララ、

「今夜はこの魚を蒸し焼きにするでありんす。もっと捕ってくるでありんすよ」

ララ、素潜り得意だったのね。

まるでマーメイド？　水を得た魚？　そんな特技を隠し持っていたとは。勢いよく潜っては次々に魚を手にしていた。

「私だって水府流水術で鍛えたんだから負けないわよ」

古式泳法で競うお初、桜子《さくらこ》は、

「御主人様〜足が着かないところ私、恐《こわ》いです〜」

バシャバシャとしぶきを立て、溺れかけていた。

「はいはい、俺の肩を掴《つか》みな」

「ありがとうございます。御主人様の背中は温かい」

桜子を背中に乗せ俺は平泳ぎをしていると、

「あっ、姉上様、ずるいのです」

鉈を持って器用に泳ぐ梅子が追いかけてくる絵面は襲われているかのよう。

それを織田信長は先ほどの縛られていた大きな亀にしがみつき、

「常陸《ひたち》の側室は恐ろしいのぉ〜」

横切って行った。

どこに向かっているのだろう？

竜宮城にまさか連れて行くの？

あるなら俺も見て見たいが。

竜宮城、海底古代遺跡だったりして……そんな妄想をしながら嫁達と戯れるグレートバリアリーフの一時、最高！

◇◆◇◆◇

羽柴秀吉《はしばひでよし》達がそれぞれの持ち場に船出したあと俺は大八車に荷物を載せ、アボリジニの集落に向かう。

案内役は去年からオーストラリア大陸に残りケアンズ城で守備と開墾をしている佐々木《ささき》小次郎《こじろう》。

「御大将の留守を預かる間、アボリジニの娘を側室に迎えました」

そう言って、紹介するためか着せられていた着物がやたらと似合わないアボリジニの女性を紹介してくれた。

「無理矢理でなければ何も言うことはないよ。でもどうやって気に入られたの？」

「飛んでくるこの木の鳥を次々に我が剣で真っ二つに斬り落としていたら部族の長に気に入られまして是非にと」

詳しく聞くと、前回仲間になった部族とは違う者が城の拡張などに腹を立てて、荒野に出てくる佐々木小次郎をブーメランで暗殺しようと試みたそうだが、『巌流・燕返し《がんりゅうつばめがえ》』で斬り落とす強さを気に入り、さらに仲間となっていた部族に説得されたこともあり、娘を側室にと願い出てきたそうだ。

「大黒右兵衛《だいこくうひょうえ》様が連れてきた者共を介して少しずつ言葉を学ばせております」

その側室は二重三重の多重通訳を日本語に統一するよう頑張ってくれていた。

「そうか、それは助かる。ララ、言葉のことは小次郎の側室から学んでくれ、頼んだ」

「はいでありんす」

史実で南蛮人宣教師や冒険者は未開の地に入ったとき、どうやって先住民とコミュニケーションをとっていたのか不思議だ。

俺は飲みニケーションで試みたわけだが、弥助《やすけ》がオセアニアの人達を連れてこなかったらしばらく時間がかかっただろう。

アボリジニは洞窟を中心とした住居に住んでいる。

昨年、酒を酌み交わした者達が出迎えてくれた。

「約束の品、今回載せられるだけ積んできたものだ。受け取ってくれ」

二重の通訳を通して伝える。

常陸萌《もえ》陶器に入った酒・アイヌ民が作った美少女萌木彫りフィギュア、そして鞘《さや》に美少女を彫刻して貰《もら》った水戸《みと》刀を渡す。

アボリジニは興奮し喜んでいる。

萌の良さをわかって貰えて俺としては嬉しい。

「常陸様、その言いにくいのでありんすが、美少女より鉄で出来た刃物、日本刀に喜んでありんすよ」

「そっ、そうか……」

「ふふふふっ、残念だったわね真琴《まこと》様」

お初は勝ち誇ったように笑みを見せていた。

その中でも萌《も》えの木彫りを喜んでくれたアボリジニに住居へ招待されると、出てきました。

カブトムシ？　カミキリ虫？　巨大な幼虫丸焼き料理。

俺はイナゴや蜂の子・ザザムシも食べたことがあり、むしろ好きなので良い。

とても美味《うま》い。

焼き上がったのを勧めてきたので一囓《ひとかじ》り。

ジュワリと口に広がる風味、平成時代に食べていたお菓子に少し似ている味、名前はあげられないが甘いトウモロコシのスナック菓子。

あのピーナツが一袋に何粒か入っている黄色く丸まっている甘いスナック菓子に似ている。

嫌がらずに食べることでアボリジニは親近感が湧いたのか、踊りや打楽器の演奏まで見せてくれる歓迎ぶりだった。

「よく食べられるわね」

一人躊躇《ちゅうちょ》するお初、桜子姉妹は貧困時代に蟬《せみ》を食したらしく、

「あら、これは蟬みたいにもごもご硬くなくて食べやすいです」

「姉上様、常陸に帰ったらカブトムシの幼虫捕まえに行きましょうです」

「ちょっと梅子、やめてよね。うちで出すの」

「でも、昆虫食って飢饉《ききん》の時にも役に立つし、栄養豊富だから奨励したいかな」

「うぅ、飢饉対策、それを言われると。稲子くらいなら食べられるけど、このウニウニしたのは……」

「生でも美味しいでありんすよ」

ララがそのまま食べるのを見たお初は口を押さえ、どこかに消えてしまった。

歓迎ばかりを受けているわけにもいかない。俺はその打楽器に合わせて究極の踊り、封印されし究極オタ芸を披露すると呵呵大笑《かかたいしょう》された。

「なにその踊り、初めて見たけど気持ち悪い」

戻ってきたお初のさげすむ目線が痛かったが、アボリジニはキレキレのオタ芸を喜んでくれた。

こんな友好的なことで協力関係を少しずつ築きたい。

少しずつ急がず焦らず。

今回も金やブラックオパールなどを返礼として貰えた。

もちろん嬉《うれ》しい品だが、石炭・鉄鉱石採掘開発を促進するため、土地の開発協力を頼む。

場所は陰陽道で予《あらかじ》め占ってあり地図に描いておいたのでそれを渡すと、

「御主人様はシャーマンか？っと聞いてますがどう答えたらいいでありんすか？」

「あぁ、神の御力《おちから》を借りられると伝えてくれ」

すると俺はアボリジニに拝まれてしまった。

違う、そうではないのだ。

そうではないのに。

何か通訳に失敗した気がする。

この先、大丈夫なのだろうか？　不安だ。

ケアンズ城を砦《とりで》から城へのレベルアップを図るために改築を進める。

改築奉行は森蘭丸《もりらんまる》……のはずだったが、左甚五郎《ひだりじんごろう》が陣頭指揮に立ちその大工達《たち》が改築することになってしまった。

森蘭丸はと言うと、南国の海を好きになってしまった織田信長の命でニューカレドニア島に海城を築城開始してしまう。

まあ、良いだろう。

今回は縄張り、城の形は稜堡《りようほ》式を取り入れながら自然の川の流れを併せた水堀と、三角パネル工法で作るドーム型の建物に大砲を設置する、外観より守りを重要視した造りで改築していく。

人手もなんとかアボリジニから雇えることとなり、左甚五郎は言葉の壁とぶつかりながらパネル工法の工房建設から開始していた。

ケアンズ城に入ってくる海からの玄関口、チャイナマン川の河口には両岸に合わせて25の砲台が設置される。

敵は海から来るであろう侵入者、それからの守りが完璧ならよい。

前回、ケアンズ城はログハウス工法で建てた建物だった。

それを少しずつドーム型の住居群に変えていく。

冬も暖かな地域なので防寒はさほど考えなくていいので、寒がりの俺には丁度いい。

本丸御殿30畳ほどのドーム型2棟連結、二ノ丸20畳ほどのドーム型を3棟連結、三ノ丸10畳ほどのドーム型を15棟連結する。

ん〜宇宙ステーションのような城になっていく。

本丸御殿は信長《のぶなが》用、二ノ丸御殿は俺達黒坂《くろさか》家の住居、三ノ丸は政庁や守備兵の住居として機能する。

パネル工法の生産が軌道に乗ると、城の形になるまではさほど時間を必要とせず半年ほどで完成した。

各地に三角パネルの輸送を開始する。

工房で学んだアボリジニも自分たちの住居に活用し始めた。

オーストラリア大陸のスタンダード住居の基本構造がドーム型になってしまったのは言わなくても想像できるだろう。

たまに馬で砂漠地帯を走り散策すると赤い台地にドーム型住居、なんか火星移住計画のCG、いや、☆★ー○ォーズの映画の世界に入ったかのようだった。

ニューカレドニア島はと言うと、切り出した木が組まれ高床式になり、その上にドーム型住居が作られている。

オーストラリア大陸だけでなく、世界のスタンダード住居がドーム型になるのではと考えさせられる光景だった。

信長は、白い砂浜ビーチでココナツのジュースを飲んでいた。

定年退職したブルジョアサラリーマンか？　日差しがまぶしいのかサングラスをしているのだから最早《もはや》なんとも言い難い。

隠し撮りは取り敢《あ》えずしておく。

後世で織田《おだ》信長のイメージを大きく覆す写真になるであろう。

ケアンズが一段落したので、オーストラリア大陸西側キンボルトン付近にいるであろう柳生宗矩《やぎゅうむねのり》の所に船を出す。

ケアンズには Champion of the sea TSUKUBA 号・艦長・前田慶次《まえだけいじ》を残す。

残さなくても、すぐ近くには織田信長艦隊が展開しているので問題はないが念の為《ため》。

佐々木小次郎と前田慶次の組み合わせは以前なら少々不安がある組み合わせだが、今はその心配はない。

二人に任せておけば大丈夫なはずだ。

ケアンズを出港しトレス海峡を抜けアラフラ海からティモール海に抜ける途中、伊達政《だてまさ》宗《むね》のいるダーウィンに立ち寄る。

平成時代ダーウィン国際空港があるあたりでドーム型の城を作り周りを開墾していた。

片倉小十郎《かたくらこじゅうろう》が城代となり、指揮をとり開発を進めている。

「右府様、この小十郎、伊達の威信にかけてこの地を発展させ、美味《おい》しいずんだがたらふく食べられるようにしてみせます。その時には是非、うちの殿手作りのずんだを食してくださいますようお願い致します」

「うっうん……」

伊達政宗はと言うと対岸にあるティモール島などを攻略中とのこと。

今後のことを考えると大スンダ列島進出の拠点に良いだろう。

ずんだ好きの政宗がスンダを攻略？　駄洒落《だじゃれ》になってしまった。

それはさておき、先住民との付き合い方を樺太《からふと》で見ている政宗なら任せておいて大丈夫だろう。

それよりしばらく会っていない柳生宗矩のほうが心配なので先を急いだ。

1年任せてそのままなのだから。

オーストラリア大陸を左手に見ながら海岸沿いを進む。

小さな島々がある入り江に向かう。

ロビンソン川河口を目指している。

宗矩に指示したあたり……。

あちらこちらに丸太で作られた物見櫓《ものみやぐら》が見えだすと、その物見櫓からは法螺貝《ほらがい》が鳴り響く。

鳴る法螺貝の調子からうちの兵士であるのがわかる。

櫓の旗には柳生の家紋が見える。

進むとさらに物見櫓がいくつも建つ地が見え、近くには南蛮型鉄甲船2隻。

ロビンソン川とメダ川に挟まれた土地に丸太の城が見えた。

望遠鏡でしっかり見ると物見櫓にはうちの兵だけではなくアボリジニまで見える。

大きく旗を振っている地が見えたので、小船に乗り換えてそこに上陸すると、元気な姿の少し日焼けした柳生宗矩だった。

「おお、宗矩元気で良かった。宗矩なら大丈夫だと思っていたが、よく1年頑張ってくれた」

「アボリジニの協力を得るまでは大変でございましたが、なんとかここまで出来ました次第で」

「なかなか良い城ではないか、今回は大工衆も連れてきている。改築すべき場所は指示してやってくれ」

「天守を作りたいと思っておりました。木も切り出して準備は整えてありますので大工衆をそちらで」

大工衆には天守建設を開始させ、城内を見て回る。

基本構造はログハウス工法の城にはアボリジニの姿が多い。

「およそ3000のアボリジニを兵士として雇い入れ、剣を教えている日々にございます」

「ん、そうか、共生出来ているなら手法は問わないが、奴隷として扱うようなことだけはするなよ」

「御大将、何年お傍《そば》に仕えていると思いですか？　アボリジニには農耕指導や漁の指導をして仲間にしております」

「そうか、変な嫌疑をかけてすまなかったな」

「御大将、出来れば真田《さなだ》の農耕に詳しい者をこちらに回して欲しいのですが」

「そうだね、帰国する船に手紙を持たせこちらに送るように命じてみよう。茶々《ちゃちゃ》が上手《うま》く送ってくれるはず」

柳生宗矩、俺の側近中の側近が俺の意にそぐわないような政策はしていない。疑ってしまった自分がなんとも情けなく思える。

「御大将、それともう少し船を多く配備していただけませんか？　南蛮の船が沖でこちらを窺《うかが》っているのが度々報告されるようになりまして」

「やはりインド洋の航路を持つ南蛮船、日本がこの地を支配しようとしている噂《うわさ》が入れば偵察もしてくるか」

「金やあの綺麗《きれい》な石が採れるのが知れ渡れば攻めてくるやも知れません。なに、あのような新しい船でなくて良いのです。奴《やつ》らの船に数名乗り移るための船」

「ん？」

「柳生の剣で斬り倒してくれましょう」

「頼もしく思うよ」

多くの金が眠っているのを知れば必ず取りにかかってくるはずだ。

「Champion of the sea KASHIMA号・艦長・真壁氏幹《まかべうじもと》、キンボルトン城付き与力として柳生宗矩の指揮下に入ることを命じる」

「はっ、しかと」

「御大将、すごい船にございますね」

「同型艦3隻をいただいた。1隻はケアンズ城守備に前田慶次を置いてきている」

「そうですか、前田慶次殿もですか？　御大将がこの地に力を入れているのが改めてわかります」

前田慶次も側近中の側近だからだ。

出来るなら真田幸村《ゆきむら》もこちらに連れてきて農政改革の仕事をさせたいのだが樺太のこともあるので仕方がない。

その分は伊達政宗に補ってもらおうと考えている。

「羽柴秀吉《はしばひでよし》、前田利家《としいえ》、蒲生氏郷《がもううじさと》、伊達政宗も同じくこの大地の開発の任に就かせた。ここから近い所は伊達政宗と蒲生氏郷となる。連携をとって守備してくれ。柳生宗矩、キンボルトン城城主を命じ、この西の地の守護と開墾を頼む」

「はっ、謹んでお受けいたします」

インドネシア諸島から近い重要な拠点2か所を俺の信頼できる人物、柳生宗矩と伊達政宗に任せる。

これは大切な布石だ。

南蛮船が攻めてくるとしたならインドネシア諸島側か、ソロモン諸島側かなのだから。

ソロモン諸島側はケアンズ城、ニューカレドニア島で守りを固める。

大陸の発展は羽柴秀吉と前田利家が主《しゅ》として行い、蒲生氏郷が遊軍として動けるようにしたいと考えている。

織田信長の手を煩わせる必要はない。

しばらくこのキンボルトン城にとどまり守りを固めることとした。

質実剛健の柳生宗矩だが、今回はお金を出すわけではないせいか、やたらと広い城だったのが意外だ。

以前、鹿島城を任せたらやたらと質素に造ってしまった。

今回は森を切り開くのが同時進行だからか木材は豊富な為、丸太を組んだ壁が城を1周2周3周4周……ん？　何周？　広い。

迷路じゃないんだから。

食材を調達するため、城の一番外側に作られたアボリジニと物々交換する簡易市場に出る桜子《さくらこ》が迷子になり泣いて帰って来た。

「御主人様〜、この城複雑すぎます。帰って来られないかと思いました」

「お一人で出られたのですか？　桜子の方様？」

「だって御主人様のお食事の食材は私達《たち》が選んだ物でなければ」

「護衛を申しつけるので次からは連れて行って下さい。この城は動物の侵入を阻止するのに少々複雑な造りにしておりますから迷われて当然」

キンボルトン城が巨城なのは勿論《もちろん》、守りの要として造ってあるのだが、南蛮船からの守備の為だけに無駄に何周も廓《くるわ》が存在しているわけではなかった。

城の外に散策に行こうとすると、

「御大将も外に出ようとするなら必ず甲冑《かっちゅう》を着てしっかりと武装した兵を連れて行ってください」

宗矩に忠告を受けた。

「えっ？　甲冑？　だって、周りのアボリジニは仲間なんでしょ？　必要なの？」

「ここはワニがたくさんいます。ワニに食べられた足軽が3人ほど、御大将ならあの硬い皮膚など物ともせず斬れるでしょうが、奴らは気配を消すのが上手く、犠牲に」

ロビンソン川とメダ川に挟まれた地、さらに意外かもしれないが海にもワニが泳いでいる。

「なるほど、ワニ対策でこんなに壁を多く作っているわけね」

「はっ、ワニと毒蛇対策にございます」

「俺は敵の侵入を阻むのに迷路でも造っているのかと思ったよ」

「それも考えてはいますが、ここの大地の生き物たちはなかなか強敵ぞろい。人間の背丈ほどある鳥に出くわすことも」

「あーエミューとか言う鳥か?」

「御大将がそう呼ぶならその名で呼びましょう。奇妙な鳥は多く、人の言葉を真似《まね》する鳥までいるのですから不思議な土地でございます」

「オウムの種類かな? あっ、鳥といえばドードーって鳥はいないかな?」

「御大将が名前を知っていても、我々は初めて見る物ばかり。名などわかりません」

「だよね~そうだったよね。俺の感覚で名前を言ってもわからないんだよね。あっ、他の者には渡したけど、これオーストラリア大陸の生き物など描いた図鑑って言うかここでの注意書きだからこれを参考にしてね」

「最初にここに来るときに欲しかったです」

「ははははは、茨城城に戻ってから描き纏《まと》めたから許して」


そんな会話をしていると、ワラビーが城の庭をお初《はつ》と梅子《うめこ》に追いかけられながら逃げ回っていた。

ワラビーは可愛《かわい》いから食べないで飼うとお初は言っているが、梅子は鉈《なた》を手にし追いかけている。

ん~、ワラビーは今夜の夕飯になるのかな。

お初と梅子にはもはや出身身分の差などはない。同等の俺の嫁だ。

競い合っているのを楽しんでいる。

ワラビーを先に捕まえたのがどちらなのかは今夜の夕飯、おかずでわかるだろう。

出来るならペットになって欲しいが、姿焼きになってしまった。

梅子が先に捕まえたそうで勝ち誇っていた。

「私が梅子の足に負けるなんて」

お初は大変悔しがる。

「御主人様、脳にも火が通りましたのでどうぞ」

ワラビーの頭部が皿に盛り付けられ目の前に、うぅぅぅ、動物の脳は大変美味だと聞くが、この盛り付け方はやめて欲しい。

味は確かに白子を何十倍にも濃厚にしたような、とてもとてもクリーミーな味で美味《おい》しかった。

◇◆◇◆◇

キンボルトン城の天守は3ヶ月で形となった。

宗矩《むねのり》のこだわりらしく、望楼型の日本古式建築の5階6層の天守。

壁や屋根も木板板張り外壁だが、日本でよく見る城って形の天守だ。

久々に日本を感じさせる城。

後々、日本から運ばれてくる銅板などを壁に貼り付けていく計画だそうだ。

うん、他の城も天守だけはドーム型にしないで日本式天守で造るか。

瓦とか、ここでの生産を考えないとなぁ。

キンボルトン城はケアンズ城とは毛色が違う城となっていった。

◇◆◇◆◇

《茶々》

真琴《まこと》が旅立って茨城城の留守を預かる茶々。

「まさか、口噛《か》み酒がこんなに売れるとは……」

想像をしていなかった。

真琴様に言われて生徒たちに作らせた口噛み酒……100本すぐに完売で注文もあり得ないくらいに入る。

困った。まだまだ欲しいと声が来ている。

こんな物、誰が欲しがるのでしょう？

「姉上様、みんな神力が宿るのでは？って噂が広がって買っているよ。マコみたいに自分では飲まないって。私もクチャクチャした物で作ったお酒は無理だよ。これだけはマコに賛成できない」

「はははははっ、お江《ごう》でもですか？」

「うっ、うん。まぁ～私はあまりお酒は好きじゃないけどね。お清めの時の一杯、御神酒《おみき》を飲んだだけで酔うもん」

御神酒……ん？　もしかして口噛み酒でなくて良いのでは？

巫女《みこ》の修行を済ませた元生徒たちが鹿島神宮の御神水で、ごくごく普通に清酒を作れば良いのでは？

それに、この陶器そのものに魅力を感じて買っているのでは？

だったら清酒のほうが、発注されてきた量も作れるし、生徒たちの負担も減る。

入れ物も巫女が鈴を持ち神楽を踊る絵にしてしまえば良いのでは？

萌《もえ》はわからないが、神秘的な巫女ならうちの狩野《かのう》派絵師集団が描けるはず。

この大きな槍《やり》を持つ美少女のセーラー服を巫女の装束に替えて鈴を持たせれば。

女子の名は、姫柊と書かれていますね。

この女子が良いでしょう。

真琴様がいない間にこれを産業として整備してしまえば帰ってきても文句は言わないはず。

よし、すぐに改良を開始するわ。

「お江、生徒たちに清酒作りが出来るように手配をして」

「えぇ～良いの？　姉上様、あのお酒はマコのお気に入りみたいだよ」

「真琴様の分は私たちが作れば良いではないですか、生徒たちの負担が大きすぎます。毎日毎日、くちゃくちゃと米を噛んで仕込む酒では量は作れません」

「姉上様がそう言うならそうするけど～良いのかな～勝手に変えて」

「真琴様が私たちと違う価値観をお持ちなのはお江も知っていると思います。それを良き方向に修正するのが私たちの役目でもあるのです。ほら、母上様に京の都から杜氏《とうじ》を送ってもらうように手紙をしたためましたから、これを届けさせてください」

口噛み酒ではなく普通の日本酒製法で巫女が作るお酒は、『鹿島御神水仕立て御祓《おはら》い済み御神酒・黒坂《くろさか》』と名付けられて発売された。

茶々《ちゃちゃ》の狙い通りに売れる一大産業品に発展。

味を占めた茶々は領地内の各神社近くに酒蔵を造らせ、そこで、『鹿島御神水仕立て御祓い済み御神酒・黒坂』

『息栖《いきす》御神水仕立て御祓い済み御神酒・黒坂』

『香取御神水仕立て御祓い済み御神酒・黒坂』

『御岩《おいわ》御神水仕立て御祓い済み御神酒・黒坂』

『笠間《かさま》御神水仕立て御祓い済み御神酒・黒坂』

『筑波《つくば》山《さん》御神水仕立て御祓い済み御神酒・黒坂』

『大洗御神水仕立て御祓い済み御神酒・黒坂』

『神峰《かみね》御神水仕立て御祓い済み御神酒・黒坂』

『大宝八幡《だいほうはちまん》御神水仕立て御祓い済み御神酒・黒坂』

など『御神水仕立て御祓い済み御神酒・黒坂』はシリーズ化されヒット商品になる。

◇◆◇◆◇

キンボルトン城から西に向かう。

オーストラリア大陸の西を任せている蒲生氏郷《がもううじさと》の様子を見に行くと、ガスコイン川の河口にある島、バページアイランドに海城が築かれていた。

蒲生氏郷の築城能力は高く、俺が口出しする必要はない。

地形を上手《うま》く活用している海城。

俺が海から近づく段階で攻めにくさを感じる。

シャーク湾の地形を利用し、多方向に向けて砲台が設置されている。

それなりの数の艦隊で攻め込んでこなければ落とせるような城ではない。

上陸すると出迎えた蒲生氏郷。

「やはり蒲生氏郷に頼んで良かった」

「お褒めの言葉ありがとうございます」

「ただこの地は、攻め込まれる可能性は低いから、キンボルトン城とダーウィン城の支援に動けるようにだけはしといてね」

「そうですか、ここは攻め込まれにくいのですか」

守りの強固な城を築いた氏郷は少し落胆しているようだった。

「インド洋と言う西の海がぽっかりと空いていて、なかなか渡航出来ないはずだから。ただ、造船技術が上がれば可能性はあるから大事な拠点でもある地、だからこそ織田《おだ》家一門でそして俺が信用出来る蒲生氏郷に任せた地なのだから誤解はしないで」

蒲生氏郷の妻は織田信長《のぶなが》の実の娘だ。

「そう言っていただけると、この城を作ったかいがあります」

カーナーヴォン城には巨大天守7階建てが建設されようとしていた。

広大なインド洋から見れば突如現れる城があるだけでも威圧感はただならないはず。

蒲生氏郷はその辺も計算しているのだろうか。

赤い異色の大地に日本式の巨大天守。

「完成すれば絶景だろうな」

「完成したらまたお越し下さい」

蒲生氏郷のもてなしは受けるが流石《さすが》に邪魔になるだろうから長居はせず、3日間の滞在で俺は柳生《やぎゅう》宗矩の城に戻った。

約半年かけてオーストラリア大陸西、南の視察をしてケアンズ城に戻る。

◇◆◇◆◇

ケアンズ、任せたのが前田慶次《まえだけいじ》と佐々木小次郎《さきこじろう》。

期待を裏切らないのが前田慶次でした。

土浦城城下歓楽街再び？

ケアンズ城下、なんだか賑《にぎ》やかな店が立ち並ぶ一画が出来ていたのでこっそりと行ってみたら、

「イラシャイマセ～～～～」

「ヌホッ、なんじゃこりゃ――――――」

いや、居酒屋なんだよ、健全な飯屋なんだけど、乳隠しの布と下半身隠しの布だけを巻いている露出度が高い女の子が働く店。

人気動画投稿サイトならセンシティブ認定されてしまうだろうアボリジニ美少女達《たち》。

黒い肌に白い泥？　で、化粧？　模様を肌に描いている女子達は、俺の子供の頃、渋谷を闊歩《かっぽ》したと言う伝説のヤマンバギャルのようで、15人ほど働いている。

一緒に入店した最上義康《もがみよしやす》が何やら顔を真っ赤にして鼻息を荒くしている。

股間まで押さえだしてしまったよ。

「義康、どうした？　大丈夫か？」

「僕、こういうとこ来たことなくて。茨城の町にもありましたけど、修行に専念するのに女子には近づくなと父からの手紙が来ていたのでそれを守っていたのですが」

「そうか、だがもう真壁《まかべ》流棒術免許皆伝。少しくらいの遊びは覚えた方が良いぞ」

「はい」

うぶな男子には刺激が強いかな？

出される料理は、串刺しのカンガルーやワニ肉料理で接客もいかがわしさはなかった。

「あっ、御大将、嗅ぎつけるの早いですね」

後から入店してきた前田慶次に見つかる。

「なんだいこの店は？」

「健全な飯屋ですよ」

「いや、それはわかったがアボリジニ女子が働いてるのは？」

「物々交換にも限界があるので、働いてお金を稼ぎたいって申し出が有りましてね。男手は開墾に雇い入れ、女子には常陸《ひたち》の直営食堂みたいなのをと思って作りました」

俺は慶次と握手し、肩を軽く叩《たた》く。

「良い、良いねぇ〜黒ギャルの店、これは俺が通いたい」

「お初《はつ》の方様に見つかるとまた、追いかけ回されますから気を付けて下さいね」

「飯を食いに来るだけだから」

慶次の心配は的中しました。

褐色肌大好き、愛《め》でるだけ眺めるだけで十分なのだが、毎日通っていたら、お初に、

「また、勝手に側室増やす気ですか！」

怒られ追いかけ回されてしまった。

「そんなつもりはさらさらないぞ！　義康が好きそうだから付き合っているんだ」

「義康を出しに使うなんて男らしくないわね」

お初、やっぱり怖い。

「義康、あなた本当に行きたいの？」

顔を真っ赤に染め地面を見つめもじもじしながら、

「はい、あの行きたいのですが、一人ではちょっと……」

「はぁ～、男ってどいつもこいつも、好きにしなさい」

俺は通うのを止《や》めたが、義康は一人で行くようになった。

義康はヤマンバギャルの魅力に目覚めてしまったようだ。

いいよね～褐色肌の異国人美少女。


「御主人様、こんな風に化粧すればよいでありんすか？」

「ララ、なんでその白塗りを顔全体にやったの？　それじゃお公家《くげ》さんだよ」

俺好みに化粧をと考えたのかララがアボリジニ女子から白塗り用泥を譲ってもらい塗られた顔は、ほとんど面影がないお面となっていた。

「むずかしいでありんすなぁ」

「ララはララの姿のままで良いの、ほら一緒にお風呂入って洗い流すよ」

「御主人様、ネバネバの海藻を手に入れたでありんすよ」

「うん、是非とも一緒に入ろう」

「本当に御主人様はぬるぬるネバネバが好きでありんすなぁ、納豆も入れてみるでありんすか？」

「納豆風呂は勘弁して」

◇◆◇◆◇

オーストラリア大陸に上陸して約1年、羽柴秀吉《はしばひでよし》はメルボルンに拠点となる城を築くとともにタスマニア島占領に成功、前田利家《としいえ》も競い合うようにシドニーに拠点となる城を築くとともにニュージーランド島占領を成功させたと連絡が入った。

この二人は任せておいて大丈夫だろう。

敢《あ》えて二人をオーストラリア大陸南東に配置したのは切磋琢磨《せっさたくま》するだろうと考えたからだ。

どうやらそれは成功したみたいだ。

その証拠に、前田利家からは可愛《かわい》らしい鳥を捕まえたとキウイが届くと、羽柴秀吉からはフェアリーペンギンが届いた。

飛べなく進化？　退化？　した鳥、側室達の愛玩動物の仲間入りをした。

梅子《うめこ》は丸揚げにするか、丸焼きにするかと聞いてきたが、

「うん、非常時に食べような。今は食糧に困っていないから」

「そうですか？　捌《さば》いてみたかったのです」

不服そうな顔をして鉈《なた》磨きをしていた。

数が多いので補給船の九鬼《くき》水軍に頼んで茨城城に送ってみる。

無事つくだろうか？

動物園の仲間入りをしてくれると良いが。

羽柴秀吉もアボリジニ女子の側室を娶《めと》ったらしいが、子供は出来ないみたいだ。

やはり体質なのだろうか？

俺にはどうすることも出来ない。

残念だがこれはどうしようもない。

やはり史実歴史時代線の茶々《ちゃちゃ》の子は、大野《おおの》治長《はるなが》あたりの子なのだろうか？

考えても答えが出ることはない。

俺の嫁、茶々は浮気などするタイプではなく、言い寄る男がいれば一刀両断してしまうだろう。

羽柴秀吉・前田利家の二人の様子を見に行きたいが、織田信長が日本に帰国したためケアンズ城を離れるのは少々不安があるので、二人に任せておこう。

俺もそろそろ帰りたいな。

アボリジニもちろん多種部族のため、友好的関係を築いていない部族も存在する。

多少なり小競り合いが発生するので、友好的関係を築くために俺が出向く。

家臣たちは「御自重下さい」と言っているが、任せて被害拡大全面衝突の事態を避ける為《ため》には自ら出向くのが一番だと思った。

友好的関係を築いている部族には勘違いされて拝まれる対象になってしまっているのを利用する。

案内役を友好的アボリジニに頼み30人程で贈り物を持ち挨拶に出向く。

念の為完全武装、和式愛闇幡型甲冑《かっちゅう》着用。

お初も警護に付いていくと言う。

「なにをしでかすかわかりませんから見張っています。それにもしもの時には盾に……」

「大丈夫だって、この甲冑なら火縄銃の弾も弾《はじ》くし、佐助《さすけ》と才蔵《さいぞう》も居るんだから」

「なにをしでかすかってのは種まきをしてこないかって意味です」

「してこないから！」

「その野獣のような下半身だけは信じられませんから」

「もう好きにして」

陸地を夕方まで馬で進むと、小競り合いのあった部族の集落に入った。

そこで友好的アボリジニの通訳のもと贈り物をする。

美少女萌《もえ》陶器・美少女萌木彫りフィギュアだけではなく、実用的な刀や弓矢・斧《おの》・鉈などもある。

美少女萌が万人受けしないことはよくよくわかっているからだ。

この小競り合いをした部族は後者、鉄で出来た刃物を有り難がる部族だった。

その贈り物をして、なんとか友好的関係となり帰路に就くと夜になってしまい、近くにあった洞窟で夜を過ごすことになる。

食材はその辺にいっぱい飛び跳ねてるので、困ることはなく、うちの足軽がしとめてきたカンガルーを丸焼きにして食べる。

「ヒタチさま　ちょっと　コチラに」

友好的アボリジニに案内されるとそこには壁画が描かれていた。

「ヒタチさま　この　むかしむかしのエ　にている」

そこに描かれていた絵は『ワジナ』と呼ばれる口のない人と表現される不思議な絵。

口のない人、都市伝説で念、テレパシーで話す宇宙人説や未来人説がある不思議な壁画。

日本の遮光器土偶が宇宙服だのと都市伝説で語られたりするので、この口のない『ワジナ』も何かしらの理由があるのだろうが。

じっくり見ると、

「……！」

偶然の一致なのだろう、和式愛闇幡型甲冑を着用した俺はそれに瓜二《うりふた》つ。

「むかしむかし　ワジナは　チエをさずけタ　ヒタチさま　これににている　だから　したがう」

あっさりと友好的になった部族はこの伝説を信仰していたわけか。

「不思議な絵、人間であって人間ではないような絵」

お初は魅了されているみたいだった。

「日本で言う、イザナギやイザナミなど国産みの神の伝承に近い物かも知れないな。中南米やエジプトなどの異国にも太古の昔に英知を授けてくれた神や異国人を思わせる存在の伝承が残っていたりするから、おもしろいのだが」

見入っていたお初は、

「なんでも知っているわね」

言うのでオタク的にお約束の返事をしないとと思い可愛らしく、

「なんでもは知らないわ、知っていることだけよ」

「何ですか？　それは？　女声で言って気持ち悪い。はぁ～どうせ真琴《まこと》様が描いている美少女の真似《まね》なのでしょうが」

そう言って口では呆《あき》れていたが口元は緩んで必死に笑いを堪《こら》えている。

俺の女声が笑いのツボだったらしい。

その後、その壁画には俺が追加され描かれてしまった。

ん〜なんか、やはり勘違いされてるな。

◇◆◇◆◇

少し暇が出来たのでニューカレドニア島の森蘭丸《もりらんまる》の所に遊びに行く。

オーストラリア大陸だとゆっくり遊べない。

アボリジニに見つかると拝まれてしまうからだ。

最上義康《もがみよしやす》は食堂に通いたいからとケアンズ城に残ると言う。

大丈夫か？　ハマりすぎるなよ。

ニューカレドニア城は森蘭丸が城代として管轄している。

森蘭丸、俺の素性を知る数少ない人物で融通も利く。

砂浜で遊びたいと言えば人のいないビーチに案内してくれた。

「はははははっ、拝まれているだけ良いではないですか？　上様は恐れられてますよ」

「拝まれるのは恐れ多いって。人として友達として接して欲しいのに」

「それは無理でございましょうな。私だって神隠しでこちらに来た常陸様は神の使いではないかと今でも思っているのですから」

「もう、蘭丸まで。拝まないでよね」

「はははは。冗談ですよ。まぁ、ここならしばらく休めると思うのでご存分に」

砂浜で誰の目も気にせず泳ぐ。

スクール水着が窮屈なラララは腰巻きと乳隠しの布を着用し、一緒に泳ぎ遊ぶ。

すると、人懐っこいジュゴンが現れ二人と1匹？　で泳ぐ。

泳ぎに自信があったが流石《さすが》に島育ちのラララには勝てない。

褐色肌美少女と白い砂浜と青い海とモニュモニュした顔のジュゴン、最高のシチュエーション。

砂浜の日陰で見ていたお初《はつ》や桜子《さくらこ》、梅子が羨ましそうにしていた。

「泳げないのか？」

「私は甲冑着てでも泳げるわよ」

「あ～お初は古式泳法も鍛錬しているのね。桜子は足着かないの不安なんだよね？」

「そうですよ泳げませんよ。悪いですか？　何なんですか？　羨ましくなんてないんですからね！　ジュゴンとなんか泳ぎたくないんですから、あのモニュモニュお口を触りたいなんて思ってないんですからね」

桜子に初めてキレられてしまった。

ジュゴンと戯れたかったようだ。

桜子が怒るなんて珍しい、よほどラララが羨ましいのだろう。

「ジュゴンを捕まえて食べたい所ですが」

うん、今遊んでるジュゴンはやめてあげて、梅子。

「あの、御主人様、泳ぎ教えていただけますか？　ジュゴンを触りたいのです」

しばらくして桜子が申し訳なさそうにしながら頼んできた。

「もちろん、構わないさ。でも、すぐには泳げないだろうからちょっと準備するね」

俺は左甚五郎《ひだりじんごろう》配下の大工に軽い材質の木で少し大きめのビート板を作って貰《もら》った。

ボディーボードサイズだ。

泳ぎが苦手な桜子は、それを抱えて海で足をバタバタさせジュゴンと戯れている。

その後ろでは鉈を持ち器用に泳ぐ梅子が鮫《さめ》のようで恐《こわ》い。

そして、お初、……甲冑脱ぎなよ。

ロボットが古式泳法で泳いでいるようでシュールだった。

南国ハーレムリゾート最高だ。

◇◆◇◆◇

茨城城留守を預かる茶々。

「姉上様、マコからなんか届いたよ」

茨城城には、九鬼水軍の補給船から黒坂《くろさか》真琴からと木箱2つが届いていた。

それを茶々に伝えるお江《ごう》。

「何かしら？　また異国の宝石とかかしら？　毛皮？　造形品？」

「ん〜なんか、生きてるっぽいよ。ギャーギャー鳴き声が聞こえるし」

「なら、変わった食材かしら？」

家臣が木箱を開けるのに立ち会う二人。

木箱の蓋を取ると、

「ん？　鳥？　ん？　変わってるわね」

「姉上様、マコから手紙も入ってたよ。白黒のがフェアリーペンギン、海で泳いで魚を餌にする鳥、茶色でくちばしの長いほうがキウイって言う飛べない鳥でミミズとか食べるって。動物園で可愛《かわい》がってくれって書いてあるから食材ではないみたい」

手紙を読み可愛らしい姿の2種類の鳥に目を輝かせるお江とは裏腹に、茶々は頭を抱えていた。

「どうやって飼えば良いのよ。あっ、リリリわからないかしら？」

リリリが呼ばれる。

「え～と、知らないだっぺよ。こんなごじゃっぺな生き物知らねえだべさ」

「リリリが謝る必要はないのよ、真琴様が詳しい飼い方を書いて来ないのだから。しかし、リリリ、言葉が混ざり合ってますね」

「リリリちゃんの言葉は生徒達《たち》の影響なんだよ。ほら、全国から色々集まってるから」

「まぁ～仕方ないでしょう。それよりこれどうしましょう」

そう大人たちが悩んでいる間に、子供たちは可愛らしい姿から追いかけ回し、抱っこしてはつつかれていた。

「母上様、めんどうみるから飼わせてください」

武丸《たけまる》がキウイを抱きながら頼んでいると、それに他の子達も同調する。

逃げ出そうとするフェアリーペンギンとキウイは、樺太犬《からふと》のタロとジロに周りを固められて逃げられないでいた。

タロとジロは頭が良く、むやみに噛《か》んだりはしない。

主人の武丸が大事そうに抱えているならなおさらだ。

「飼いたいけど飼い方がわからないのよ」

「母上様、父上様に手紙を書いて下さい」

「そうね、飼い方を聞かなければ、それまで生きられるかしら？　とにかく、海水の池と生きた魚を用意させて、力丸《りきまる》、頼みましたよ」

「はっ、すぐに」

短絡的に行動する真琴の行動を補佐する茶々《ちゃちゃ》と力丸は悩みが多い。

◇◆◇◆◇

「御大将、補給船より武器弾薬、食糧の他にお方様から御大将にと贈り物が来ています」

最上義康が知らせてくれた。

ニューカレドニアで休息をしたあとケアンズ城で執務をこなす日々、日本から送られてくる物資の割り振りなどを羽柴秀吉《はしばひでよし》、伊達政宗《だてまさむね》、前田利家《まえだとしいえ》、蒲生氏郷《がもううじさと》、柳生宗矩《やぎゅうむねのり》の拠点に手配している。

「おっ、そうか、何が届いた？」

「お酒みたいですよ」

届いた箱を開けると、藁《わら》を緩衝材に敷き詰めた中に、

『鹿島御神水仕立て御祓《おはら》い済み御神酒《おみき》・黒坂』

『息栖《いきす》御神水仕立て御祓い済み御神酒・黒坂』

『香取御神水仕立て御祓い済み御神酒・黒坂』

『御岩《おいわ》御神水仕立て御祓い済み御神酒・黒坂』

『笠間《かさま》稲荷《いなり》御神水仕立て御祓い済み御神酒・黒坂』
『筑波山《つくばさん》御神水仕立て御祓い済み御神酒・黒坂』
『大洗御神水仕立て御祓い済み御神酒・黒坂』
『神峰《かみね》御神水仕立て御祓い済み御神酒・黒坂』
『大宝八幡《だいほうはちまん》御神水仕立て御祓い済み御神酒・黒坂』

名が書かれた酒瓶、イラストは！　えっ？　雪菜が巫女《みこ》服!?　良い、これは良い。

感動を覚えるとても良い出来の萌《も》え酒瓶が10本ずつ入っていた。

手紙を読むと、口嚙み酒から女子学校生徒達による手作りの清酒に変更して、神社境内から採取した水で仕込み、御祓いをした清酒を巫女が描かれた瓶に詰めて販売することにしたと書いてある。

「おっ、なるほどな。茶々もなんだかんだ美少女萌《もえ》を理解したのか？」

ちょっと勘違いをしながらも、理解してくれたのか？　と、嬉《うれ》しさがこみ上げてきた。

手紙の続きを読むと、

「ん、萌はわからないが美少女萌は俺の代名詞になっているから、箔《はく》が付いて売れる……なるほど」

「ふふふふっ、私達3姉妹で萌を好んでいるのはお江だけですわよ」

「桜子達ならこの良さはわかるよな？」

「私達は御主人様が作られた物は絶対ですから」

残念、理解はしていないのね。

そして、手紙の続きは、

『変わった生き物を送る際は、必ず餌、育て方、適した環境を詳しく記載してください。武丸達は喜んで世話をしておりますから送って頂けることには反対は致しませんが、悩みます』

「うっ……しまった書くの忘れた」

初めて見る生き物なんだから詳しく説明しなきゃだめだよね。

平成時代にかみね動物園やアクアワールド大洗、アクアマリンふくしまで普通に見たことのある生き物だし、テレビでもちょくちょく見てたから何を食べ、どのような環境で生きてるかは想像できるが茶々達は違うんだよな。

反省しないとだな。

これから送る時には注意しようってか帰りたいな。

落ち着いてきたし、そろそろ一度帰るか。

お酒になっていても慣れ親しんだ水で作られた『鹿島御神水仕立て御祓い済み御神酒・黒坂』を飲んでいると常陸《ひたち》の美しい風景が頭をよぎった。

酒を持って前田利家のシドニー城に行くと算盤《そろばん》を勢いよく音を立てて弾《はじ》いていた。

「右府様いかがなさいました？」

算盤に集中している前田利家のかわりに松《まつ》様が対応してくれる。

「えっと、製鉄所や造船所を見たく一度日本に帰りたく、あとの差配を利家殿に頼みたいのですがよろしいですか？」

「えぇ、もちろん構いませんよ。そう言えば御礼《おれい》がまだでしたね。このようなおもしろい土地に来れる機会を与えてくださりありがとうございます」

「ははは、松様は好奇心が旺盛でお若い心をお持ちですね。松様には色々お世話になったので喜んで貰えて本当に嬉しいですよ」

「あら、心だけではなく身も若いつもりでしてよ」

「それは何よりで」

雑談をしていると切りが良い所になったのか前田利家が気が付いた。

「これはこれは右府様、いかがなさいました？」

先ほど松様に伝えたことと同じことを言うと、

「秀吉より私にですか？」

「利家殿だから頼めるのですよ。俺はいまいち秀吉殿は苦手で」

「はははははっ、なるほど。悪いやつではないんですがね、今も南の大きな川で米が作れないか頑張ってますよ。昼間は田畑、夜は子作り」

「元気いっぱいですね」

「右府様も子作り頑張って下さい」

「利家様、右府様は子沢山ですよ」

「おお、そうだったな、松、我らも励むか？」

松様は珍しく真っ赤な顔をして恥じらっていた。

俺は豪州統制副将軍に前田利家を任命して、ケアンズ城には佐々木小次郎《ささきこじろう》と残りたいと希望する最上義康《もがみよしやす》を残し一路日本に向かった。

第三章　常陸国留守居役・茶々

真琴《まこと》様から国を預かる身としていつにもまして日々忙しい。

少々目が届かないところが出てくる。

真琴様がいない間に常陸国でもめ事など起きれば一大事。

そこで領内監視の目、そして、城の守りを厳重にするため、真田《さなだ》幸村《ゆきむら》家臣、根津《ねづ》甚八《じんぱち》・海野《うんの》六郎《ろくろう》、望月《もちづき》六郎《ろくろう》・筧《かけい》十蔵《じゆうぞう》・由利《ゆり》鎌之介《かまのすけ》を呼び出す。

この者達は元々、真田幸村の忍びだが、幸村が家臣になってから長年裏で当家に仕えてくれている。

他に三好《みよし》入道《にゆうどう》兄弟がいるが、そちらは坊主として領内の寺で住職を隠《かく》れ蓑《みの》に寺社勢力に不穏な動きがないか日々目を光らせている。

そして穴山《あなやま》小助《こすけ》は樺太で北条《ほうじょう》氏規《うじのり》を監視している。

真琴様はこの者達と御自身の警護にしている猿飛《さるとび》佐助《さすけ》・霧隠《きりがくれ》才蔵《さいぞう》を含めて『真田十勇士』と陰で呼んでいる。

「根津甚八・海野六郎、望月六郎・筧十蔵、町人に扮《ふん》し当家に仇《あだ》なす流言飛語を流す者がいないか監視していなさい。もしおれば捕縛して構いません」

「はっ、かしこまりました」

「由利鎌之介はお江《ごう》の指揮下に入り、この城の守りに徹しなさい」

「はっ、しかと」

「え～城の守りなら私が居れば大丈夫だよ、姉上様」

天井裏から無音で降ってくるお江。

「あなたは暗殺を自重しなさい。私の耳には入ってきているのですよ。真琴様が留守の間に既に100人ほど直接手にかけていると」

「だって、マコの留守狙って変な虫が入ってくるんだもん」

「だから家臣に命じなさい。あなたはすぐに殺してしまうから、その変な虫が誰の命で動いていたのか吐かせることが出来ないではないですか」

お江は城に忍び込む者は仕方がないとして、町で『織田《おだ》信長《のぶなが》と黒坂《くろさか》真琴は死んだ。今こそ決起の時』などと浪人を集めようとしていた怪しき者もこっそり始末している。

死体は紅常陸隊が隠してしまっているので、突然町から消えた謎の人物となっている。

最近、戦がなくなり働き場を失った武士が増えている。

その者達は仕官を求め各地をさ迷っている。

織田家、そして当家なら船員として鍛え上げ雇うのだが、織田家・当家を快く思わない者、そして、異国に行くことを恐れる者が、国内で再び戦の世が来ないかと画策している。

平和とは戦の世でしか生きられない者にとっては窮屈なのだろう。

「お方様、少々気がかりなことが安土《あづち》の屋敷におります者から耳に」

「なんです？　根津甚八」

「織田家古参の大名と三河《みかわのかみ》守徳川家康《とくがわいえやす》との亀裂が大きくなっていると」

「ん〜それは仕方のないことですね。公方《くぼう》様も三河守を重用していますから」

「当家としてはどちらに味方すれば？」

「黒坂家は飽くまでも我が義父・織田信長公の協力者であり幕府の家臣ではありません。どちらかに加担は致しません。しかし、真琴様は三河守が推し進めている幕府が藩を支配する体制に異を申していないので、もし三河守の命危うきときは助けるくらいは良いでしょう」

「はっ、では安土屋敷にはそのように」

「安土で争い事となると近江《おうみ》大津城にも火の粉が。そうなっては困ります。近江の母上様に手紙をしたためます。届けて下さい」

「はっ」

私は母上様に御身こそが大切、もしも安土で争い事ある時は、すぐに大坂港から常陸国へ逃げて来るようにと手紙を書いた。

そんな不穏な空気が漂い感じられるなか、オーストラリア大陸から届く無理難題を抱える生き物、そして大量に送って欲しいという御神水仕立ての酒。

少々領地でも販売すると、予想だにしない売れ行きで蔵はあっという間に金銀に変わった。

儲《もう》かるのは良いのですが……。

「姉上様、まだ注文入り続けてるよ」

「こんなに売れるとは思っていなかったわ」

美少女が描かれた陶器と御神水で作った酒、巫女だけで作ったことで飲むだけでなく、お清めに良いと巷《ちまた》で噂《うわさ》され広まった。

「のぼうが、酒に適した米の苗を多く植えますかって聞いてきたけど、どうする？　農民がお金が手に入るならその方が良いって願いも出ているって」

のぼう、成田《なりた》長親《ながちか》はちゃんと領民の声を聞き、まとめ記した物を1月に一度届け出てくる。

『木偶《でく》の坊《ぼう》ののぼう』、これは明らかに演じている顔。

お江と同じでしょうね。

「ん〜食べるための米は絶対に減らすことなく、開墾した土地で新たに植えるときに、酒に適した米の苗にするなら良いと命じなさい。酒では腹は満たされませんからね。いくら酒が売れても金銀は食べられません。真琴様の考えでは農産物は余りが出るくらい作るようにと伺っています。余れば異国との交易品にすると」

「うん、わかった。ねぇ～今井屋《いまい》が言っていたけど、南蛮では葡萄《ぶどう》を足で踏み潰して汁を搾ってお酒を作るんだって。マコなら生徒達《たち》が踏み潰したお酒ならうれしがるんじゃないかな？　千世《ちよ》ちゃんと与祢《よね》ちゃん、それに弥美《やみ》ちゃんに作らせたらマコ絶対『萌《も》え～』って言って喜んで飲むと思うよ」

今井屋とはうちの御用商人筆頭・今井宗久《そうきゅう》の店のこと。

今は息子が跡を継いで2代目・今井宗久を名乗っている。

「ふふふふっ、真琴様なら確かに『萌え～』と叫んで喜ぶでしょうね。葡萄から作るお酒……。異国にも売れるかも知れませんね。試しに筑波山《つくばさん》近くの畜産城で栽培を試みてみましょう。今井屋なら、もうその種を準備しているのでしょ？」

「うん、南蛮商人から買い付けたって」

長い付き合い、真琴様がどんな物を欲しがるか常に考えているのでしょう。

「のぼうに任せるね」

「いや、待ちなさい。成田長親には佐倉城城主を命じるので手一杯になるでしょう」

「ん？　勝手にマコ留守の間に命じて良いの？」

「真琴様からのぼうに関しては折を見て命じるように承っているのでそろそろ頃合いで

しょう。そのことをお江、使者として命じて来て下さい」

「うんわかった。城主ともなれば一族郎党を集めるだろうから、葡萄のことは家臣に命じるよう伝えとくね」

「それもそうね。集まった者は一度農学校で学ばせ、試みている農業改革の技術を取り入れて作物を作るよう命じなさい。よろしく頼みました」

真琴様には家臣の処遇は実績に合わせてそれに見合う所領や褒美を与えるようにと命じられているので、真田幸村の農業改革補佐として畑仕事はいまいちだが領民と仲が良く、不平不満を聞き村と村との諍《いさか》いを上手《うま》く仲裁、例えば田畑へ引く水争いを起こさないよう懸命に働いている成田長親には、その価値があるでしょう。

そうそう、うちの家老職で無位無官の伊達政道《だてまさみち》にしかるべき官位をいただけないか幕府にお願いもしなくてはならないでしょう。

彼は石炭や銅山開発などに力を入れ、金堀衆をまとめ上げるだけでなく、待遇改善に力を入れ、彼らを苦しめている病について知るべく小糸《こいと》姉妹などと相談しながら汗水を流して奔走している。

公には出来ないことだがその一つ、肺の腑《ふ》に石が溜《た》まっていることに遺体の解剖で気が付いた小糸姉妹は、鉱山に入る者に鼻口を布で覆うよう命じた。

真琴様には何らかの知識があるだろうから、帰ってきたら相談してみると小糸は言う。

これが後に『防塵《ぼうじん》マスク』なる物の開発に繋《つな》がり、肺の腑の病に苦しむ者が減る。

公方様・織田信忠《のぶただ》様に直接願い出る前に、母上様と森坊丸《もりぼうまる》を通して幕府に働きかけるのが良いでしょう。

数週間後、伊達政道には『従六位下主工首《たくみのかみ》』の官位の許しをいただいた。

「お方様、私には勿体《もったい》なきこと」

「政道、良いのです。貴方《あなた》は黒坂家家老、他の者とも引けを取らない働きをしておきながら無官なことを真琴様は気にかけておりました」

「御大将が私に気づかい？　ありがたいことです」

「これからも大変な仕事が続くでしょう。ですがそれは、船や鉄砲に欠かせない物。そして真琴様の冷え性には絶対欠かせませんからね」

「あはははははっ、確かに御大将に石炭は絶対必要ですね。謹んでお受け致します」

「さて、それはそれとして、伊達本家は当主不在で大丈夫ですか？」

伊達家当主・伊達政宗《まさむね》は真琴様に連れられオーストラリア大陸へ行かれた。

あとを任されているのは伊達藤五郎成実《とうごろうしげざね》。武に秀でた猪武者《いのししむしゃ》と噂を耳にしている。領地を拡《ひろ》げようと野望を持っていないか、いささかの不安がある。

「父上が仙台の城に入った成実の代わりに、小名浜の城に居を移しました。父上からは密書が届き、伊達はいかなる時でも当家と共に動くとのこと。ちなみに北には留守《るす》政景《まさかげ》がおりますので南部《なんぶ》や津軽《つがる》に対しても動くことは出来ません。留守政景は父上の命に従いますから。お方様が考えるようなことは絶対ございません」

「そうですか、輝宗《てるむね》殿が伊達家を南から監視していると言うことですか、それなら安心でしょう」

「父上は御大将の底知れぬ力に心酔しておりますから裏切るようなことは絶対にございません。それと母上からの伝言ですが伯父最上義光《もがみよしあき》も当家とは足並みを揃《そろ》えるとのこと。その証拠に姫を御大将にと伯父は考えているとのことで茶々《ちゃちゃ》様のお許しを願い出ています」

「人質ですか？　それとも純粋に仲を深めたく側室ですか？」

「そのどちらもかと」

「人質はいりません。既に義康《よしやす》を当家で預かっているではないですか、側室も今の真琴様の動きからして異国との行き来に忙しいと思うので他家へ嫁がせるよう考えて貰《もら》って下さい。最上も当家と共に動いてくれるなら北のことは気にしなくて良いですね」

「ん？　奥方様、なにか他にご心配でも？」

「三河守と織田家重臣にいささかもめ事が。西の争いが北に飛び火をしたら戦国の世に戻ってしまいますからね」

「そうですか、西で争い事、我が配下を安土に送りましょう」

「黒脛巾組《くろはばき》でしたね？　余裕があるなら母上の所に少し手配して母上の命に従うようにして下さい」

「はっ、ではそのように」

◇◆◇◆◇

義父・織田信長が海外に兵を連れだし始めたことで国内が手薄に。

織田家古参の家臣と幕府の形を固めようと奮闘している三河守・徳川家康とのもめ事が大きくなり出していると、安土屋敷在住家臣から日々の知らせで耳にするように。

徳川家康が推し進めている幕府が藩を支配する『幕藩体制』が面白くないと思う者達の声が大きくなっていると。真琴《まこと》様はこの幕藩体制容認派、徳川家康の命を守ることを真琴様なら家臣に命じるはず。

そして数日後、知らせが届いた。

『徳川家康を討つ企てあり』

「お江《ごう》、選《よ》りすぐりの手練《てだ》れを連れてすぐに安土に向かいなさい」

「え〜面倒臭いよ〜姉上様、子供達と遊んでいたいよ」

「お江、今はその仮面を外すときです。これは真琴様が考えるであろうこと。知っていますよ。真琴様のために道化を演じていることなど」

お江は甘えん坊、そしてどこか抜けた道化の仮面を日々被《かぶ》っている。

それは黒坂《くろさか》家を裏から守るための演技。

お江は顔をパッと1回叩《たた》くと、目の色を鋭く鷹《たか》が獲物を狙っているかのように変え、

「姉上様、誰を始末しますか？」

「先《ま》ずは安土に寄り、私の代参で浅井《あざい》の菩《ぼ》提寺《だいじ》に行くと公方様に会いなさい。そしてこれを」

手紙を渡す。

「公方信忠様の指示を受ければ良いのですね？」

「何かしら命じられるはず。もし不在なら母上に会えば良いでしょう」

「わかりました。マコがいない間に国を揺るがす争いは起こさせません。この鍛えた忍びの腕を血でさらに汚してでも」

「気をつけなさい。貴方が傷つくことも真琴様は許しませんから」

「はい。姉上様」

お江を安土《あづち》に向かわせた。

心底信頼できる家臣の多くを真琴様が連れて行ってしまわれたので、お江に働いてもらうしかないでしょう。

◇◆◇◆◇

《お江》

再び戦乱の世になんか戻させない。

家族、兄弟、姉妹で骨肉の争いをする世になど二度とさせない。

私が苦しい修行を日々してきたのはマコを守るだけではなく、いざというとき手足となって働くため。

今は志を同じくする姉上様の命に従う。

天候に左右される船は使わず大急ぎで馬を走らせ、3日で安土の黒坂家屋敷に入ると、母上様が、姉上様が先に送っていた黒脛巾組の者や、蒲生《がもう》家の兵を引き連れすでに入っており、戦に行くのではないかと思わせる準備を整えていた。

「母上様、どうしてここに？」

「それは私が言うことですよ、お江。貴方こそどうしてここに？」

「姉上様からの命で……」

「そうですか、離れていても目を光らせているのですね、茶々は」

「はい。マコの意にそぐわぬ者を……」

私が言葉を続けようとすると、母上様は優しく私の口元を押さえた。

「言わなくてもわかるわよ」

「母上様……」

「しかし長話をしている時ではありません。疲れているでしょうが急いで仕度をしなさい。信忠様が大坂の城に行っていて今、安土を留守にしているのです。この機会に乗じて柴田《しばた》勝家《かついえ》・滝川一益《たきがわかずます》一派が徳川家康《とくがわいえやす》屋敷を襲う企てをしているのです」

「なら、私が二人の始末を」

「ここは母に任せなさい。貴方は右大臣黒坂真琴名代として立ち合えば良いのです」

「ですが母上様、私ならすぐに暗殺が出来ますが？」

「そう易々《やすやす》とはいかないでしょう。滝川一益は北条《ほうじょう》の旧家臣、風魔《ふうま》一族を雇い入れたとの噂《うわさ》がありますから。それにこれは出来るだけ穏便に片付けなくてはなりません」

「母上様……」

母上様の言葉に従う素振りを装い、いざというときは何を言われようと始末する。

母上様は御自身も甲冑《かっちゅう》に身を包み薙刀《なぎなた》を持ち、兵100名ほどを連れて屋敷を出た。

私もそれに続いて常陸《ひたち》から連れてきた忍びを連れ従う。

そして、徳川家康屋敷に続く道に陣取った。

「母上様、ここで迎え撃つのですか？」

「通せん坊ですよ、お江。私達《たち》がここに陣取ればこの先には進めない。そして、徳川家康屋敷からも兵を出せない。幕府目付役を仰せつかった私に刃《やいば》を向ければ織田《おだ》家への謀反、そして、黒坂家も敵に回すことを意味していますからね」

「しかしそれではいつまでも争いが終わらないのでは？」

「そこで貴方の出番なのですよ。黒坂を敵にするか？　と問いなさい」

「問うだけですか？」

「そうです」

「私にはよくわからないのですが」

「良いから」

「はぁ……」

しばらくして、500ほどの兵を引き連れた柴田勝家・滝川一益が現れた。

「お市《いち》様、そこをお退《ど》き下さい」

「柴田殿、ここを通すわけにはいきませんわよ」

母上は薙刀の切っ先を柴田勝家・滝川一益に向けて勇ましく言った。

「織田家旧臣を冷遇する逆賊徳川家康、今討たねば我らの立つ瀬がなくなります」

「冷遇？　多大な領地を貰いながら冷遇と言うからには、それは織田家への不満ですね？

それは謀反と同じこと」

「それは違いますお市様。謀反などけしてそのようなことでは」

「お江、謀反にはどのようにするのか右大臣様から承っておりますね？」

母上が私の名を呼ぶと柴田勝家・滝川一益両名ではなく兵達がざわついた。

彼らの中に嫁がうちの女学校出身の者が含まれていたことを後に母上様から聞かされた。

うちの生徒達はお初《はつ》姉上様が鍛えているから、尻に敷かれているのだろう。

恩義ある黒坂家に刃を向けることになれば、どうなるか？　想像出来る。

「黒坂家はいかなる謀反にも加担せず、織田家を守るよう動くように命じられています。

ここを通る、それは黒坂家を敵に回す。それでもよろしいですね？」

私が一方前に出て言うと、母上が、

「我が娘、お江。知っての通り、右大臣様の側室、そして今はその名代です。ここを通ると言うことは私だけでなく、黒坂家を敵にすること、そしてそれは東国の大名全てを敵に回すと言うことを意味しているのは承知していますね？　一戦交える覚悟は出来ているの

です か？」

「うっ……それは」

なるほど……母上様、そういうことか。

マコに心酔する大名は多く、黒坂家を敵に回すと伊達《だて》家・最上家・上杉《うえすぎ》家・真田《さなだ》家・森《もり》家・前田《まえだ》家などが共に挙兵するだろう。

そうなると、徳川家康を討ったとしても柴田勝家・滝川一益の領地は西からは織田家、東からは黒坂家の大軍で挟み撃ちになる。

それに今や羽柴秀吉《はしばひでよし》ですらマコの与力、九州は動くことは先ずない。

「戦国の世はすでに終わったのです。武力でのし上がる世ではなく頭を働かせなさい。徳川家康はいかにして大名を幕府が抑えられるかと頭を使い『藩』と言う形にしたのです。幕府が支配する藩、その形は右大臣黒坂真琴も承知のこと。そして、異国を旅する兄上様だって口挟まぬ同意のこと、それに不満があるなら頭を使いさらに良い仕組みを作ろうとしたら良いではないですか？　貴方《あなた》たちは大老の職にあるのですから、それが出来るのではないですか？　今引くなら今日のことは不問にいたしましょう」

母上様の言葉に固まる柴田勝家。

「柴田殿、最早《もはや》うちらの負け、兵を引きましょう」

滝川一益は柴田勝家を諫《いさ》めるが、

「この柴田勝家、抜いた矛は納められぬ。ここからは儂《わし》一人、徳川家康と一騎勝負を！

そこをお退き下さい、お市様。これは武士と武士の一騎打ちにございます」

勇ましく吠《ほ》えたが私は、す〜〜〜っと、柴田勝家の後ろに無音で回り込み、首に短刀を当てた。

慌てる母上様、

「お江、斬ってはなりません！」

「はい、母上様」

あまりにも突然のことで青ざめていた柴田勝家の耳元でささやく。

「私ごときに背後を取られるようでは終わりですよ。織田家に名を轟《とどろ》かせた猛将は今、死にました」

薄皮を斬る刃に、柴田勝家は震えだした。

「儂が後れを取るとは……老いたのですね、儂は……お江様、私の負けです。さあこの首をお斬り下さい。この騒ぎの責めは儂一人で」

「お江駄目ですよ。柴田殿、負けを認めるなら残された命が枯れるまで領地を富ませる為《ため》に必死で働きなさい。頭を必死に使うのです。家臣を黒坂家の農学校に通わせることだって出来ます。恥ずべきことではありません。それがこの国を豊かにすることなのですから」

「お市様……わかりました」

私が短刀を首から離すと柴田勝家は膝から崩れ落ちた。

「滝川殿も良いですね？」

「はっ、はい。者ども引け引け」

柴田勝家と滝川一益は引き連れた兵と共に帰って行った。

その姿を待っていたかのように、路地裏から旅装束の徳川家康が本多《ほんだ》忠勝《ただかつ》と服部半蔵《はっとりはんぞう》を引き連れ現れた。

「いや～お市様に命を救われるとは、こちらの屋敷、当家の兵は少ないので三河《みかわ》に逃げようとしていたのですが」

「三河殿、我が義息子、黒坂真琴《まこと》は貴方を警戒するとともに買ってもいるのですよ。織田家を頭とする幕府を作り上げようとしているなら、この市、騒ぎを静めるくらいのことは致します。もしもの時は黒坂家、もしくは蒲生家の屋敷に逃げてきて下さい。誰も手出しはしないでしょう。時間さえ稼いでくれれば、前田と佐々《さっさ》の兵も駆けつけます。そしてこのように常陸の国からお江が兵を率いて駆けつけます」

「母上様……」

「ははははっ、まだ常陸右府様には警戒されていますか、それがしは？　ですが、この徳川家康、助けられた恩、忘れることはございません。上様が心置きなく異国を旅するためにも公方様《くぼう》の下《もと》、国を安定させ民を富ませるよう働くとお約束します。お江の方様、常陸右府様にそのことを」

「うん、マコが帰ってきたらそう伝えておいてあげるね。たぬきがご飯ご馳走《ちそう》してってねだってたって」

「あはははははっ、また食べたいですね。常陸様の手料理」

私は再び道化の仮面を被《かぶ》った。

警戒されぬよう被っている仮面。

「今回のことは、全て私が預からせていただきます。良いですね？　三河殿」

「はっ、お任せします」

この日のことはなかったことにされ、安土は平穏を取り戻した。

◇◆◇◆◇

安土で起きた事の次第を、帰って姉上様に伝えた。

「そうですか、母上様が公方様と相談の上決めたのでしょうから黒坂《くろさか》家としてはこれ以上は口は出しません」

「姉上様、それで良いの？　謀反の芽斬らなくて？」

「そうですね、裏柳生《やぎゅう》と黒脛巾《くろはばき》組を使い監視は続けましょう。もし、再び同じあやまちを起こすことあれば始末します。お江《ごう》、そのように貴方が束ねている忍びに命じなさい」

「は～い」

私は姉上様の言いつけを破り裏柳生に密《ひそ》かに命じる。

「小糸《こいと》ちゃんに薬を作って貰《もら》ったから柴田勝家・滝川一益にこっそりと飲ませて。死期を早める薬。少しずつ弱っていく毒、これを使って二人の牙をもぎ取っちゃって」

「はっ、お任せを」

「それと、風魔の残党は目障りだから始末しといて、この城に忍び込もうとしているのは彼らでしょ？」

「恐らくは」

「なら、証拠がなくても良いよ。もし、姉上様やマコの耳に入っても私が命じたと言うから」

「我が殿、宗矩《むねのり》様も同じく命じたかと」

「これはマコの為でもあるけど、戦国の世に戻させないための正義、しっかり頼んだよ」

「はっ」

私はマコが望む国作りに水を差す可能性がある者を生かして使う気にもなれないし、そして、風魔一族残党を野放しにするほど母上様や姉上様のようには寛大になれない。

マコの邪魔は誰にもさせない。

私にはそれが一番大切なこと。


しばらくして風魔《ふうま》一族残党が滅亡し、黒坂家忍集団の名は忍びの間で敵にしてはいけないと広まった。

◇◆◇◆◇

お江を風呂に誘って久しぶりに二人で入った。

「お江、聞いていますか？　私達が違う時間で歩んだ道のことを」

「私と姉上様が敵味方になったたってこと？」

「それもですが、柴田《しばた》勝家《かついえ》は私達の義父となっていたそうですよ」

本能寺で織田信長《のぶなが》が死んだ後、羽柴秀吉を牽制《けんせい》するため、母上様は柴田勝家の下に嫁ぎ、最期を共にしたと真琴様より聞かされている。

「うん、聞いた……」

「真琴様が変えてくれたおかげで母上様は生きています」

「母上様は知っているのかな？　このこと？」

「えぇ、知っていましたよ。出産の折、こちらに来たときそれとなく聞いてみたら、詳しく聞いていたそうです」

「そっか、で、母上様は？」

「柴田に嫁ぐより我らの父、浅井長政《あざいながまさ》の菩提《ぼだい》を心置きなく弔える今が幸せだとおっしゃっていました。それに孫まで抱けたことが本当に嬉《うれ》しいご様子でした」

「だから、母上様も今を変えたくないのですね」

「だからこそ自ら出張られたのでしょう。お江、真琴様は私達《たち》が争わなくて済む世界を作って下さったのと同時に、母上様を失わずに済む世を作って下さいました。この恩は忘れてはなりませんよ」

「そんなことわかってるよ」

「お江、あなたはいずれまた真琴様に付いて異国へ行くこともあるでしょう。ですが、私は残りこの国を守ります。お互い兎《と》にも角《かく》にも真琴様大事で」

「うん、絶対に誰にも壊させない」

「良い返事です」

◇◆◇◆◇

執務を終えて、庭で遊んでいる子供達の様子を見に行く。

今日は桃子《ももこ》が武丸《たけまる》達の相手をする日。

私達は交代で真琴様の子を自身が産んだ子と隔たりなく平等に育てることとした。

誰かが真琴様に付き従っても子達に寂しい思いはさせない為に。

「ん？」

「桃子、なにをしているのですか？」

等身大の藁《わら》人形に向けて、吹き矢を子供達としていた。

「母上様、吹き矢を桃子の母様から習っていました」

武丸が走り寄ってきた。

「そうですか、しかし、吹き矢ですか？　弓矢が武士として良いと私は思いますが」

「あのですね、茶々《ちゃちゃ》様、御主人様《おにいちゃん》が申していたのですが、御主人様がお育ちになった所では『吹き矢』はその、すぽーっ？　とやらになっていたそうで、何でも腹で息をするので肺の腑《ふ》を強くし、また頰の筋肉を使うから顔を引き締めて美にも良いとおっしゃられていたのですです」

「肺の腑を強くする？　それは子達の鍛錬に良いですわね……？って、美？」

「はい、顔の皺《しわ》に良いと」

「！　私にも貸しなさい」

「あっ、母上様、それ武丸の～」

武丸の吹き矢を無理矢理借りて試しにやると、数発で頬が痛くなってしまった。

「桃子、よくこんなの何発も出来ますわね」

「あ～火を焚《た》くときとおなじなのですです」

「なるほど、そう言うことですか」

「私、梅子《うめこ》姉上みたいに鉈《なた》投げはちょっと無理なのです。でも、御主人様、そして子を守るには何かしらの武芸はと思い、お江様に相談したら教えてくれたのですです。小糸さん達が作る薬を仕込めば……あぁ～これは勿論《もちろん》、子供達が触って良いように毒なんて塗っていないですです」

「まぁ肺の腑を鍛えると真琴様が教えてくれたのならどんどんやるべきでしょう。続けなさい」

彩華《いろは》や仁保《にほ》が弱々しく的にめがけて吹いているのを見守っていると、後ろから突然まるで夜に篝火《かがりび》めがけて飛び込んでいく虫の羽のような音が耳元を横切った。

藁人形の眉間に刺さる1本の吹き矢に慌てて短刀を抜いて振り向くと、天守の上からお江が手を振っていた。

「お江、降りてきなさい。なにを考えているのですか！」

「茶々様、その足下ですです」

「え？」

そこには大きな大きなスズメバチが半分になりながらも尻から毒針を何度も何度も出し暴れている。

「まさかこれをあの距離から？」

「お江様は時々ああやって子達を見守っているのですです」

子供達の周りには手練《てだ》れの護衛が控えているので、いざとなればスズメバチくらい一刀両断するでしょうが、お江、少し大人しくするように叱らないと、子達が真似《まね》してしまいます。

お江が産んだ経津《ふつ》丸《まる》が小さな手で拍手して喜んでいるのを見ると少々の不安がよぎった。

◇◆◇◆◇

「ふぁ～眠い……おはようござい～ますぅ～」

「今何時だと思っているのですか？　もう昼過ぎですよ。あなたも黒坂家の家族に入ろうと思う者なら千世《ちよ》や与祢《よね》のように学校に通いなさい」

朝から執務をし、昼食を食べに食事処《どころ》に行くと気怠《けだる》げな弥美《やみ》が遅い朝ご飯を食べていた。

この城での暮らしも長くなり気が緩んできている。

最近だと、昼近くに起きて朝ご飯を食べたかと思うと、真琴《まこと》様の部屋で真琴様が描いた絵を見ている日々。

「え〜わたしぃ〜読み書き出来るしぃ〜学校はいいかなぁ〜めんどくさいですぅ〜」

「その話し方は真琴様が別に良いと認めているので目をつぶりますが、私は怠けている者は嫌いです。そのような者、真琴様の側室には認めませんわよ」

「え〜そんなこと言わないでくださいよぉ〜」

「生徒になるのが嫌なら、生徒に読み書きを教える側になりなさい。あの鶴美《つるみ》でさえ働いているのですから」

北条 氏規《ほうじょううじのり》に可愛《かわい》がられ姫様育ちだった鶴美、今はアイヌ語を書物にまとめ、時には生徒にも教えている。

みなそれぞれ何かしらの仕事をしているが、弥美にはそれがない。

「めんどくさいですぅ〜」

「何かと言うと『面倒くさい』と、あなたは何をしたいのですか？」

「常陸《ひたち》様の子を生《な》すだけかなぁ〜？　きゃはっ」

「真琴様は確かに外見は好みのようですが、今のままでは認めるわけにはいきません」

なにか仕事をさせなくては。

説教を続けようとすると、弥美は気を紛らわす為《ため》か囲炉裏《いろり》の灰に火箸で何やら絵を描き始めてしまった。

「ん？　あら、意外に上手《うま》いわねって今はそうではなく、話を聞きなさい。このままでは実家に帰しますよ」

「えぇぇぇぇ～ここが良いですよぉ～茶々様、置いて下さいよぉ～」

説教を続けようとしているところにお江も昼食を取りに来た。

「姉上様、外にまで声が響いていますよ」

「お江もなんとか弥美に仕事をするよう言ってやって下さい」

「ん？　弥美ちゃんの仕事？　マコの乱雑に描き散らした絵あるでしょ、あれ物語なんじゃないのか？って紐解《ひもと》こうとしてるんだよね」

「はぁ？　初耳ですが」

「だって、マコの美少女って何かしらの物語の絵なんだよね？」

「そう聞いていますが」

「でも、マコ色んな物語の人物、混ぜて描いているでしょ？　だから描いた順に並べても物語にならないの、姉上様は知ってた？」

「そこまでは……」

「私はマコの絵好きだから知ってたけど。弥美ちゃんはそれに気づいて絵をつなげて、抜けているとこ、自分で付け足そうとしてたんだよね～だから夜遅くまでマコの部屋に入り浸ってた」

「お江《ごう》、それを見ていたなら私に言いなさいよね」

「えぇ別にマコの害にはならなそうだから良いかなって」

「弥美はそんなことしてどうするつもりだったのですか？」

「ん～物語を本にすれば売れるかなぁ～って思っただけだしぃ～」

なるほど、本を売るか、あの描かれた美少女は数々の建築物の彫刻や萌《もえ》陶器の下絵などとしても生徒に配られているので今更隠す意味は当然無いですからそれは問題ないでしょうし、どうもあの美少女達の魅力が伝わってこないのは物語その物を知らないからなのかもしれません。

とても感動する物語や、物語が面白いなら、もしかしたらその登場人物である美少女達に感情を移入出来るかも知れませんが、真琴様の時代の物語を世に出して良い物なのかしら？　私の判断では無理。

だが、物語を絵でつなぎ合わせる力を持つなら、

「弥美、真琴様の絵で物語をつなぎ合わせた物は世には出せませんが、真琴様が描いた美少女達を演者とした桃太郎や竹取物語など描いてみませんか？　登場人物皆、真琴様が描

いた美少女です」

「そんなことして良いんですかぁ～？」

「兎に角、それを本にして稼いでみなさい。そうしたら側室の件、再考します」

「まぁ～美少女描くの好きだしぃ～良いけどぉ～」

気怠げな返事をしていた弥美はしばらくして、封神演義を全て真琴様が描いた美少女で表現された『漫画』を長期にわたって世に売ることになる。

真琴様は、

「なんということをしてしまったんだ～なぜ太公望がエキ●ナ様なんだよ～妲己《だっき》ちゃんが加●恵って違ぅぅぅぅぅぅぅ、これは酷《ひど》いよ……」

大きく嘆くことになるが、巷《ちまた》ではそれが人気となってしまい、『漫画』と言う文化が花開いて定着する。

そして長い月日をかけ、真琴様が喜ぶ新たな美少女萌《もえ》絵が次々に誕生することになっていく。

後《のち》に私はお初《はつ》に怒られてしまう。

「姉上様が真琴様の御趣味を後押ししてどうするのよ！　平家物語も源氏物語もみんな美少女になってしまったじゃない！　こんなのが定着してしまうなんて！」

「私だってこんなことになるなんて思っていなかったのよ」

そんな漫画を母上様が毎月催促してくるようになる未来なんて、私だって想像していなかったわよ。

◇◆◇◆◇

「弥美、あなた武芸は？」

「えぇ、武芸ですかぁ？　面倒くさいですぅ」

めんどくさいと答える弥美だが、親譲りというのでしょうか、弥助《やすけ》の血を引いているだけあって筋肉の付きが良さそうな腕や足をセーラー服から覗《のぞ》かせている。

武芸の稽古をしていないなら今からでも道場に通わせれば、真琴様と寝所を共にするようになったとき、寝込みを襲おうと忍び込んだ者から真琴様が太刀を取る間の時間稼ぎくらいのことは出来るかと思いさらに追求した。

「得意な得物は？」

「鎖鎌ですぅ」

「はい？」

「鎖の付いた鎌、きゃはっ」

「農民などが使っていると聞いたことがありますが」

予想していない答えに困惑していると、お江が、

「弥美ちゃんの鎖鎌は凄《すご》いんだよ～、分銅で大岩を割ってるの見ちゃった」

「えぇぇぇぇ、見ていたんですかぁ？　恥ずかしいですぅ」

「なぜそのような珍しい武器を使うのですか？」

好奇心から聞くと、

「うち～生まれた頃は貧乏だったのでぇ～子供の時から田畑に出ていたんですぅよ～父上様が大名に取り立てて貰《もら》っていくつも島を貰いましたけどぉ、島は食べるの困りますからねぇ～。だから、鎌はずっと使っててぇ～、しばらくして奴隷を捕らえていた鎖が手に入ったんですよぉ……。常陸様が奴隷取り締まりを強化してくれたときにぃ、南蛮商人がぁ恐れて逃げたときに売られて行きそうになっていた人がしていた鎖ぃ、うちに逃げて来た人が身に着けていてぇ使ってみたらぁあら不思議ぃ、しっくり来ちゃってぇ、きゃはははははっ受けますよねぇ」

数年前、確かにこの常陸国に入り真琴様は奴隷貿易の取り締まりを強化している。

何人か商人が捕まり磔《はりつけ》の刑にし、それに関与していたルイス・フロイスや高山右近《たかやまうこん》を追放している。

そんな出来事と繫《つな》がるの？

「私ぃ、それを知ってスカッとしたんですよぉ～。父も奴隷だったしぃそんな人の売り買いを無くそうなんてするお殿様がいるんだなぁって思っていたら、常陸様だった。きゃはっ、だからぁ～常陸様との縁談があるって聞いてぇあの頃から鍛えてたんですぅよ。なにか手助け出来る日来るかなぁって」

武芸を嗜《たしな》むか聞いただけだったのに意外にも弥美が以前から真琴様に尽くしたいと思っていたことに私は驚いた。

私の見る目、まだまだのようだったみたいですね。

弥美、あなたは真琴様の側室になるに値する者です。

ですが、今はこのことを黙っておきましょう。

この子はすぐ図に乗りそうなので。

次の日、鎖鎌の腕前を見る為、庭に運ばせた大岩を弥美は難なく鎖に付いた分銅で割ると、間髪容《い》れずに一足飛びで鎌を突き刺した。

その動きはあまりにも速くて舌を巻くほどの腕前だった。

「きゃはははははっ、人を殺《あや》めたことない技をお見せするなんて恥ずかしいぃ」

「もし誰かを殺すとなれば出来ますか？」

弥美の目をしっかり見て聞くと、いつものふざけた笑みは消え、口調も恐ろしいほど低音の声で、

「人を物としか思わぬ者は所詮『物』です。人の命を守るなら『物』は壊します」

寒々とした目で答えた。

その目は、お初やお江が敵を見る目にそっくりだった。

真琴様、貴方《あなた》はきっと同じ志を持つ女子を集める運に恵まれているのですよ。

第四章　茨城の一時

1595年8月

長い船旅を終え約2年半年ぶりに帰国する。

鹿島港に着くと、鹿島港には石垣と煉瓦《れんが》で造られた造船所が完成し数隻の船が造られている。

木材や鉄板も多く用意され、さらに次の船も造ろうと準備している。

慌ただしく働いていた職人達《たち》が手を休め、頭を下げていた。

「お帰りなさいませ」

森力丸《もりりきまる》が迎えてくれた。

「ただいま帰った。造船所、出来たんだね。皆には仕事を続けてもらって」

「はっ、みな仕事を続けよ。この造船所、本多正純《ほんだまさずみ》が次はこの船に乗ってついて行きたいと申して大急ぎで造っていましたよ。それに御不在の間、三河守《みかわのかみ》殿がまた借りを返すには働き手だろうと人をお貸し下さいました」

「三河守殿に借り？　それは後々聞くとして、そうか、本多正純か、特にオーストラリアで珍しく美味《うま》い物と言うのはないのだがな、カンガルーやワニ、エミューに海鮮が豊富なくらいで、今回エミューは連れてきたので農場で繁殖を試みてくれ」

「それでも食べたいと思うのが本多正純です。ほぇ～これがエミューと言う鳥ですか？背丈が私ほどあるなんて、これは美味《おい》しいのですか？」

頭を突《つつ》かれそうになるのを俊敏に避《よ》ける森力丸。

それにしても本多正純、料理につられてうちで働いてるだけのことはある。

動機が食欲なのが笑える。

「しかし、今から造る船は少し待って、旧型南蛮鉄甲船を造るみたいだけど改良、いやほぼ新しい設計で造りたい」

今から造る船の絵図面と集められた木材などの材料を見て言う。

「ならしばし船大工達には休みを与えましょう。少々無理をさせてしまっているので」

「そうしてやってくれ」

旧型南蛮鉄甲船の造船準備を一度止める指示を出し、茨城城に向かう。

じめじめした暑さはやはり日本独特の暑さ、それに懐かしさを感じながら茨城城に向かおうとすると、北浦から利根川、そして霞ヶ浦《かすみがうら》に抜ける水路が完成し100人ほどが余裕で乗れる安宅船《あたけぶね》で移動出来ると言う。

1586年から続いた河川大改修工事により霞ヶ浦・北浦・利根川は俺の知る平成時代

の形よりさらに水運に適した姿になっていた。

日本国第2位の湖を中心とする水路で結んだ第二の都市、それが俺の都市構想だ。

第一の首都は琵琶湖《びわこ》を水路で結んだ安土城《あづち》、第二の副首都を茨城城、東西に大きな都市を造ることで災害時に東西から支え合える。

俺の災害に強い国造り構想。

それに一歩一歩着実に近付いている。

霞ヶ浦はその大きな安宅船が往来するようになっており、10隻が霞ヶ浦鹿島湖と茨城城港を常に往来して結ぶ。

その船に乗り茨城城港を目指した。

すると、漁をする船が見える。

凧《たこ》の原理を応用して大きな帆を弓なりに膨らませ船を横流ししながら網を引く船、茨城の美しい景色『霞ヶ浦の帆引き船』。

明治時代に考案され始まる漁法だが、造船技術が全体的に高まったことで登場を早まらせた。

美しい白い帆が青々とした湖面に輝いて映る。

「御大将に食べて貰おうと漁民が新鮮な鰙《わかさぎ》を大量に届けてくれました」

「そうか、なら、天ぷらにでもして遠慮なくいただこう」

霞ヶ浦を任せてある前田正虎《まえだまさとら》が、海水湖から利根川の水が混ざり汽水湖に移り変わり、少しずつ増え始めている淡水魚を増やすべく漁船数の制限をし、禁漁期を設けるなど漁の制限を進めると同時に、漁民の生活が立ち行くよう利根川上流を結ぶ荷運びの仕事を与えることなどをしたそうだ。

すると、魚や小海老《こえび》が増え、豊かな湖になっているそうで、それを俺に味わって欲しいそうだ。

なんとも嬉《うれ》しい。

茨城城の霞ヶ浦に突き出た港廓《くるわ》から入城する。

大手門の鉄黒漆塗風神雷神萌《もえ》美少女門からの入城ではないのは少し寂しい。

「水運が盛んになれば玄関はこちらになるか」

「そうですね、私も鹿島との行き来は船なので正門よりこちらから入ることが多いです」

「力丸、この門は貧相だ」

「御大将？　まさかまた？」

「客を迎える門は華やかでなければ」

「はぁ～……」

力丸は察したようで呆《あき》れ混じりのため息を吐《つ》いていた。

港廓の門も改良しようと決めた。

要左　甚五郎《ひだりじんごろう》相談案件とメモをする。

港廓の桟橋から陸地にあがるところで茶々《ちゃちゃ》達が待っており出迎えてくれた。

「お帰りなさいませ。無事の帰国、お祝い申し上げます」

「ただいま。常陸《ひたち》を変わらず守ってくれてありがとう」

茶々と挨拶を交わしていると武丸《たけまる》が、

「父上様、お帰りなさいませ」

しっかりと子供達を代表して挨拶してきた。

ちょっと無口な子だったが凜々《りり》しく育っている。

感動して涙が出そうだったが堪《こら》える。

「ただいま帰った。武丸達、みな元気そうでなによりだ。立派に育っているな、武丸」

「ありがとうございます父上様、それより異国の話を聞かせてください」

「武丸、父上様は旅のお疲れが」

「茶々、かまわないよ。みんな取り敢《あ》えず風呂に入って語ろうか」

「「「はい」」」

武丸・彩華《いろは》・仁保《にほ》・那岐《なぎ》・那美《なみ》・北斗《ほくと》・経津丸《ふつまる》・久那丸《くなまる》・八千《やち》・カーネ・ラカ・須久那《すくな》丸《まる》。

子供12人と一緒に入る風呂は賑《にぎ》やか、離れていた2年半の月日の距離を一気に縮めてくれた。
茶々は大子《だいご》袋田《ふくろだ》温泉郷で湯治でもと勧めてくれたが、ゆっくりしていられない。
ちょっと早めに済ませたい仕事が出来たので次の日から設計絵図を描き始める。
「なにか企《たくら》んでいたみたいだけど、新しい船の絵図面ね？　良かった。私は少し子達とのんびりさせて貰《もら》うわよ」
お初《はつ》は子供達に武術の稽古をし始めた。
今回俺は真面目に造船の為《ため》に、急いで絵図面を描く。
図面と言っても構造指定などができるほどの専門知識はない。
そのため外観の絵と言った方がよい絵図面。
全長100メートル
全幅11メートル
マスト3本
乗員想定数35人
大砲3×2・左右舷設置・合計6門
最速快速帆船として名を残したカーティーサーク号やサーモピレー号をモデルにした木造帆船だ。

平成時代に宮城県石巻市《いしのまき》のサン・ファン・バウティスタ号を見学して、帆船について少し調べたときの知識を思い出しながら描く。

蒸気船が主流になる少し前に造られる帆船末期の最速快速帆船カーティーサーク号や、サーモピレー号などの外観を思い出す。

その描いた絵図面を力丸に見せると不思議がる。

「なぜに、今さら木造船なんですか？　しかもこれでは戦となると役には立たないのでは？　御大将が編み出した海から陸上を砲撃する戦法にこの大砲の数では役に立たないかと」

当然の答えだ。

なんせ独自の進化をしている鉄甲船を造る技術を持っているのだから。

「この木造船を造る理由は速さを求める船だからだ。鉄甲船では重さで速度に限界がある。戦を想定している船だから守りを強くするため鉄板を貼っている、だから重い。そこで鉄板を省いた軽い木造船だ。同盟や条約を結んだ国の港や支配した島々なら砲撃の必要はない。最低限の軍備、防御用として大砲を積む。軽くし速度重視、連絡や移動の役割を求める船だ。実際、今当家は北は樺太《からふと》、南はオーストラリアと行き来している。そのために急務なのは速さのある船だ」

「なるほど、早馬のように連絡と人の移動を担う船と言うわけですね」

「あぁ、そういうことだ。鉄甲船は信長様《のぶなが》に任せて、うちの造船所ではしばらくは高速輸送連絡船を造る。速さがあれば海上で敵と遭遇しても逃げられるからな。速さで勝負。この船は南北の行き来の時間を縮めることを目標としたい。数もそれなりに必要だ」

「確かに木造船なら工期も短くて済みますから。わかりました。すでに準備を進めている船もこの形にそぐえるよう造り、増産いたしましょう」

サン・ファン・バウティスタ号も造船期間はたったの45日、当家の大工集団・鍛治師などの匠《たくみ》集団と船大工をもってすれば2ヶ月もあれば完成出来る。

無駄に美少女萌門などで鍛えているわけではない。

高速輸送連絡木造帆船・青龍丸・白虎丸・朱雀《すざく》丸・玄武丸の製造を命じた。

この船も、モデルにした南蛮の船からかけ離れて独自の進化を遂げた帆船となった。

強度を出すためにと、うちの細かな細工が得意な大工集団が、蜂の巣をヒントにハニカム構造を編み出し二重構造の船底を持つ船を開発した。

強度を高め、二重構造で1マスが小さいハニカム構造は多少の傷なら浸水を防ぐ画期的な技術となった。

「流石《さすが》、うちの大工集団だ。この蜂の巣構造は『ハニカム構造』と呼ぶように定める。開発した工房の者には臨時報奨金を出す。これからもどんどん新しいことに挑戦してくれ」

「はっ、これからも励まさせていただきます」

このハニカム構造は、うちが製造販売している住居用のパネルにも取り入れられ、軽いのに遮音性、保温性に優れ、庶民が住む住居の質を高めてくれた。

◇◆◇◆◇

茨城城陸側の玄関口大手門の鉄黒漆塗風神雷神萌美少女門に対して、霞ヶ浦に突き出た港廓の水路からの玄関口は寂しい門であった。

鹿島港から霞ヶ浦への水路は完成し、これからはこちらは水路の玄関口になる。

そのため大手門に負けず劣らずの門の製作を左甚五郎に依頼する。

「殿様、また萌美少女門ですかい？」

デザイン画を見せると、

「ありゃ？　今回はまた変わった門ですね。美少女ではない？　今までと毛色が違う。あっしにはこれがなんぞの物なのかわかりませんが、なぜか心が熱くなるような」

「だろうな。これは男なら皆、夢見る憧れの代物よ。この物語のこれはカッコいい、だ～が、このまま彫刻だけならつまらない。仕掛けを付ける」

「仕掛け？」

「お初達《たち》にも見つかっても良いように表向きはこの絵図で、で、絡繰《からく》りをしてここをこう動かすと……」

「と、と、殿様～、こんな斬新な考え驚きました。これを造れるとは大工冥利に尽きるってもんですぜ、すぐに始めさせていただきます」


工房で作業を始めて数日が過ぎ、様子を見学していると、

「姉上様が来たから図面隠して」

屋根裏からお江《ごう》の声が聞こえた。

慌てて絡繰りが描かれた図面を隠す。

茨城城の工房で左甚五郎がさっそく造り始めたので、様子を見に来たタイミングで警戒している茶々とお初が見に来た。

俺の行動を監視しているのか？

「ん？　やっぱり門を造るのね、どれどれ？　あれ？　ん？　あれ？　なんですかこれは？　あれ？　今回も美少女を彫らせているとばかり思っていたのに、南蛮だか異国だかの甲冑《かっちゅう》姿の者ですか？　随分と変わった感じがしますが、これなら、まぁ～ん～別に問題もないでしょう。甲冑姿の者が門に彫刻されるならその勇ましさで守りの意志を見せているようで良いと思うわよ。美少女じゃないって少しは真琴《まこと》様も心を入れ替えたようね」

お初は笑顔で、目の前の作業を見ていたが、茶々は無言で俺の目をジッと見つめた。

「……」

全身から汗が噴き出る。

蝦蟇《がま》の油出しの気分だ。

「良いだろう、甲冑姿で迎える門だ」

「真琴様、なにか企んでいますよね？」

「いや、なにも……」

茶々にもやはり少し変わった甲冑姿の者に見える彫刻を疑っているようだが、俺はひたすらとぼける。

しばらく睨《にら》まれた時間は何時間にも感じた。

「ん～目は泳いでないようですし……まぁ～信じましょう。門はこのように力強き姿の彫刻が良いのです。美少女などは自分の部屋に装飾して下さい。お初、今日は生徒達の武術授業がありましたわね？　そちらを見に行きますわよ」

「はい、姉上様」

ふふふ、同じ轍《てつ》は踏まないよ、茶々、お初。

お江は天井板の隙間からひょっこりと顔を出してニコニコと笑っていた。

お江、大丈夫だ、期待を裏切らないぞ、ぬはははははは。

先進的技術で城や家、船を次々に技術革新するうちの左甚五郎が率いる大工集団には国内から新しき技術を学びたいと集まる者が膨れ上がり、国内最大大工集団になっている。

軽く5000人はいる。

そのため、門一つなどと言う物は3ヶ月もあれば完成する。

今回造っている港廓《くるわ》の門も年末には完成し、完成式が行われた。

門は鉄に朱色の漆塗りの下地で高さ3メートルの大きな門、その大きな重い門は水車の動力を利用して開閉する。

そして、問題の彫刻は右戸には赤色の人造人間エ○ァンゲリ○ン正規実用型2号機。

左戸にはピンク色の人造○間エヴァ○ゲ○オン正規実用型8号機。

茶々達には、ちょっと変わった甲冑を着ている人にしか見えない代物。

これは人造人間でロボットではないそうだが人が乗って操縦する巨大な人型乗り物は、マジ●ガー●やガン○ムなどと同じく男心を鷲掴《わしづか》みにする。

ここで男心と言うとジェンダーフリーに反するかな？

めっちゃ美人のＶＴｕｂｅｒアイドルもガ○ダムプラモデル作る配信をしているくらい好きらしいから、ロボット好きの者、皆の心を鷲掴みにする！　と言い換えよう。

左甚五郎もなんだか知らない物でも心がワクワクしたのだろう。

俺はガ●ダムにしようかエ○ァンゲリヲンにしようか最後まで悩んだが中身が大事だ。操縦する人物が萌《も》えるか萌えないか、萌えるのは間違いなく後者。

『あんた、馬鹿!?』と、美少女に罵って貰いたいし、痛みに悶《もだ》えるメガネ美少女には萌えるにゃっ。

茶々《ちゃちゃ》達はこの門に拍子抜けしているみたいだ。

美少女ではないから特に怒る理由もないらしく完成式は何事もなく無事終わる。

そして、門が開くと同時に仮面が上がる絡繰りが作動した。

低い木と木がこすれる音がゴゴゴゴゴゴッと鳴るにつれ少しずつ仮面が上がる。

すると現れる金髪美少女、惣流・ア●カ・ラ○グレーと、メガネ美少女・真●波・マリ・イ●ストリ●ス。

もちろん、エ●ァンゲ●ヲンがそんな乗り方をしていないのは百も承知だがアレンジした。

「あんた、馬鹿!」

リアルにお初に言われ蹴られた。

茶々は膝からくずおれ頭を抱えている。

「はぁ〜……やっぱり……お江、知っていましたわね?」

「うん、忍び込んで見ていたもん。こんな風になるなんてびっくり、マコ凄《すご》いよ〜」

お江は新たな絡繰り美少女に驚いて喜び、他の嫁たちや家臣は口をあんぐりと開いて固まっていた。

「こんな門で出迎えるなんて間違ってる！」

鶴美《つるみ》は逃げて行き、

「きゃはははははは、うけるぅ～」

弥美《やみ》は手を叩《たた》いて笑っている。

子供達はデザインより絡繰りに驚き、拍手しまくりで喜んでいた。

「父上様、凄いです凄いです」

武丸《たけまる》が大いに喜んでくれた。

「凄いだろ～、さて、この門だが鉄朱塗絡繰美少女栄茨万華里温門と名付ける。ぬわ～やめろ、刀を抜くなお初《はつ》」

斬新過ぎる隠れ美少女門にお初は怒りの頂点に達していた。

お初の怒りを鎮めるのに1週間かかった。

ふぅ～怖い目にあった。

だが美少女萌えは譲れない趣味だ。

◇◆◇◆◇

寒さが本格的になった年の瀬になり真田《さなだ》幸村《ゆきむら》が樺太《からふと》から帰ってきた。

初めて鉄朱塗絡繰美少女栄茨万華里温門の門をくぐった幸村は笑いをこらえている様子。

「ただいま帰りました。くっくっく」

「お疲れ様、樺太のほうはどうだ？」

「お久しゅうございます御大将、変わらぬ様子で安堵《あんど》致しました。樺太の農政改革に住居改革は順調そのもの、ただ……」

先ほどの笑顔はすぐに消え、険しい表情で何か話しにくそう。

「ん、俺の部屋で話を聞こう。取り敢《あ》えず旅の疲れを温泉で流して一休みすると良い」

「はっ、お気遣い痛み入ります」

一度風呂で旅の疲れを落とした幸村が執務をしていた俺の天守の部屋に来た。

桃子《ももこ》が静かにお茶を点《た》てて、俺たちに出してくれると、部屋の隅に静かに座った。

「言い渋ったのはトゥルックのことか？　オリオンのことか？　それとも鶴美の実家、北《ほう》条《じょう》に不穏な動きでもあるのか？　桃子、わかっているな」

「はい、勿論《もちろん》です。御主人様《おにぃちゃん》。ここでの話、誰にも言いませんからご安心くださいです。鶴美ちゃんの実家がなにか企てていたとしても今までと変わらない接し方を続けて見せますです」

桃子は口が堅く、そして誰にでも分け隔てなく優しく接する。

北条の家が裏切ろうと、鶴美自身がこの家で和を乱さなければ桃子なら接し方は変わらない。

お初だと警戒心が表情に出てしまうだろう。

幸村の顔を見ると続く暗い表情にトゥルックか、オリオンに何かあったのかと心配になる。

「いえ、お二方はとても健やかにお過ごしです。オリオン様は弓の鍛錬を始めているくらいでございます。実は北条樺太守《からふとのかみ》様の嫡男がお亡くなりになりまして、樺太守様も病に伏せってしまい跡継ぎに悩んでおられ、樺太守様から宜《よろ》しければ御大将と鶴美の方様の子、須久那丸《すくなまる》様を養子に頂けないかとの申し出がございまして、いかがなものかと」

鶴美は北条氏規《うじのり》の娘、須久那丸は北条氏規の孫になる。

しばらく考え、

「そうか、あいわかった。お世継ぎ問題で樺太北条家が荒れることは好ましくない。好ましくないから、世継ぎの心配はないように伝えよ。ただ、樺太に向かわせるのは体が出来る5歳を過ぎた頃を目安とする。そう伝え北条氏規には体を治すことに専念させよ」

「次の渡航時に、養子のことお伝えいたします」

「すまぬな、厳しい北の大地を任せてしまって」

「ははは、そのことは大丈夫ですよ。何、生まれ育った真田の里は雪深く寒い土地ですから慣れてますよ。それより未開の地が毎年少しずつ豊かになるのに手を貸していると思うとやりがいのある役目。男としてこの上ないこと」

幸村はなんの苦労でもないよと、言いたげに笑ってくれた。

「幸村、幸村も体だけは壊さぬようにな。春までは休息を申し付ける」

「わかりました。流石《さすが》に春までとは言いませんが、また上野《こうずけ》で湯治をさせていただきます」

大事な幸村に体を壊させるわけにはいかない。ゆっくり休んで貰《もら》おう。

幸村は兄が統治する上野の国で湯治をすると言って出立した。

湯治と称しながら上野の農業改革に手を貸しているのだろうが、兄弟と会う時間でリフレッシュしているみたいだから良いだろう。

しかし上野は温泉豊富だから湯治、羨ましいな。

◇◆◇◆◇

鶴美に弟の死を伝えると、

「母上が違うし、弟は板部岡《いたべおか》が守り役で育てていたからあまり会ったことないのよ」

あまり悲しそうではなかったが、追い打ちをかけないよう北条氏規も具合が悪いことは伝えるのは控えた。

冬の間は樺太と行き来は出来ないのだから心配をかけさせるだけだと思ったからだ。

ただ、須久那丸を北条に養子に出すことは伝えた。

「弟が亡くなったなら是非とも北条を残すためにお願いします」

「あぁ、幕府に忠誠を誓い、北の大地発展のために尽力している北条を潰すようなことはさせないよ。もう北条家は敵ではない。しっかりとした幕府の家臣、北を守る大名、存続するよう手を差し伸べるのは吝《やぶさ》かではない」

「ありがとうございます」

幕府には事の次第を森坊丸《もりぼうまる》から伝えてもらい、もし北条氏規が亡くなっても須久那丸に跡継ぎとして樺太を任せると言う承諾を貰った。

北条家はこれで安泰だ。

◇　◆　◇　◆　◇

領地の常陸《ひたち》国内には意外にも古くからの温泉がある。

それは日本三大瀑布《ばくふ》がある袋田《ふくろだ》の滝の近くにある温泉、袋田大子《だいご》温泉郷だ。

そこにいつも留守番ばかりで俺の代わりを務めてくれて忙しい日々、そして寂しい思いをさせてしまっている茶々を連れ湯治に行くことにした。

側室たちもそれは理解してくれ、代わりにお初が代理の代表となり、

「留守と仕事は任せなさい。安心して行ってくると良いわ。姉上様、たまには真琴《まこと》様独り占めしてたっぷり甘えてきてください」

「甘えるなんて……そうね、でもたまには湯治も良いし、領内の北に出向いたことがないから丁度良いわね」

茶々は俺を見つめ、頬をピンク色にしていた。

武丸を連れて行こうとすると、

「父上様、武丸は家臣達《たち》の世話があります。他の者に任せとうございません」

動物達は武丸の家臣扱いなのね。

心配だからと言う口実を付けて小さいながら遠慮するのか？　良く出来た息子だ。

常陸国内は山内一豊《やまうちかずとよ》の街道整備が続き、山間部の袋田大子温泉郷も水戸《みと》城か笠間《かさま》城で1泊するくらいで行けるようになっている。

平成時代初期の霊柩《れいきゅうしゃ》車みたいな馬車に揺られ、10人ほどの護衛の兵だけで行く。

国主としてはかなり少ない護衛だが、常陸国内なら領民そのものが護衛になってくれるほど慕われている。

領内は、産業発展で下々の民まで毎日3食食べられるくらいに裕福になったせいか、敵対心など持つ者はおらず、むしろ、

「次の城下まで御守《おまも》りしますべ、ごじゃっぺなことするやからなんか、俺達がくらつけてあおなじみだらけにしてやっから（くだらない狼藉《ろうぜき》する者あらば俺達がぼこぼこにして打ち身だらけにしてやるからね・茨城弁）」

などと領民が護衛になってくれるくらいだった。

うちの政策が成功していると感じる瞬間だ。素直に嬉《うれ》しい。

「本日は水戸城泊まりがよろしいかと」

「佐助《さすけ》に任せる」

「はっ、才蔵《さいぞう》、先に言ってその旨を山内様に。それと宿舎の見聞を」

「引き受けた」

霧隠《きりがくれ》才蔵が先に馬を走らせ向かった。

「真琴様、もう山内殿は信頼できる家臣ですわよ。与祢《よね》もほとんど茨城城下住まい。学校で勉学に励み、いつ真琴様の側室になって仕事があてがわれても良いように頑張っております」

「ははははっ、なんだか小さな頃から見ているから娘みたいな気分で側室って変な、むずかゆさがあるよ」

「なら、他家に輿入《こしい》れするよう進めるのですか？」

「ん～山内一豊は与祢と俺の間に儲《もう》けた子を跡取りにしたいと願い出ているし、長年甘えてきた娘だからこそ他家には……」

「ふふふふっ、真琴様は本当にこの時代に馴染《なじ》まれましたわね。要衝を任せている家臣の跡取りを御自身の子にしたいと考えているのですから」

「あっ、無意識だったけどそうだね。本当なら水戸は信頼する五家老の一人、そうだなぁ～前田《まえだ》慶次《けいじ》に任せたいくらいの場所なんだけど、国入りの時に土浦の発展が急務だったから土浦城に入れたけど」

　茨城県の要衝水戸城を後から来た山内一豊に任せた経緯を思い出す。

　森力丸《りきまる》・前田慶次・柳生宗矩《やぎゅうむねのり》・真田幸村・伊達《だて》政道《まさみち》を入れるのが順当なはずだろうが、茨城城の守り、霞ヶ浦《かすみがうら》、北浦開発を優先したため山内一豊を水戸城に入れている。

「では、城替えを命じますか？」

「いや、十分すぎる貢献に城替えの仕打ちはしないよ。水戸はこのまま山内一豊に任せる」

　取り敢えず空城を避けるべく、謀反の可能性が低い山内一豊に任せたが、それは正解だった。

今では常陸国中心に位置する城下として発展している。

「ちなみに真琴様の時間線では山内一豊はどのような大名になられていたのですか？」

「土佐《とさ》一国を貰う国持ち大名だよ」

「一国を任されるだけの才覚ある人物を雇えているのですね」

「うん。確か10万石弱を徳川家康《とくがわいえやす》からもらい受けたはず。その後、高直しで20万石くらいに」

「あら、山内家への年間御賞金は今石高で表すと15万石くらいですから安い買い物ではないですわね」

「でもそれで人足を雇ったりしているんでしょ？　だったら安いよ」

「そうですわね。街道整備だけでなく那珂川《なかがわ》や久慈川の土手の整備も藤堂高虎《とうどうたかとら》と力を合わせて行っていますから」

「二つの川の流れを安定させれば、あのあたりは益々《ますます》作物が採れる。長い目で見れば国のためになる」

「はいはい、わかっているからこそ大名並みの金子を与えているのですから」

領地は限られているため与えられないが、その代わり必要な経費と合わせて現金支給している。

前田慶次・柳生宗矩・真田《さなだ》幸村《ゆきむら》・伊達政道・左甚五郎《ひだりじんごろう》の五家老は石高で表すと50万石から30万石、山内一豊・藤堂高虎、そして出世し家老となった成田《なりた》長親《ながちか》、徳川家から完全にうちの家臣になった本多《ほんだ》正純《まさずみ》は10万石以上と国持ち大名に負けない恩賞だ。

ちなみに森力丸は下野《しもつけ》の国主になってから、うちからの御賞金は辞退している。

その代わりに下野の発展に黒坂《くろさか》家の家臣が協力している。

今現在、黒坂家は様々な産業のおかげで500万石を超えた現金収入となっているので、それに貢献した者には惜しまず与えている。

これからオーストラリア大陸発展次第ではさらなる収入となる。

「茶々《ちゃちゃ》、家臣への御賞金はケチらないでね」

「はいはい、わかっていますとも」

馬車の中では結局仕事の話となってしまった。


「まあああまあ、ようお越し下さいました。大殿様はこちらより笠間に行くのではと思っていましたのに。今、夫は伊達様の領内街道整備のことで留守《るす》様の所に出向いているので留守です。留守だけに留守。ふふふふふっ」

ん？　山内一豊の妻千代《ちよ》ってこんなキャラクターだったっけ？

水戸城に着くと駄洒落《だじゃれ》で迎えてくれた。

「伊達の留守政景《まさかげ》？」

「はい、伊達様の領内を横断する街道整備とのことで」

詳しく聞くと俺の地図に書いてある常磐道《じようばんどう》や、国道6号線と同じ経路で街道を造ろうとしている。

東北との物流を海上物流だけでなく陸でも発展させる為《ため》に。

「そうか、街道整備が進めば安定的な物流確保に繋《つな》がる。もし何かしらの災害が起きたときに融通し合える。これはとても有益なこと。津波が起きれば港は使えなくなるから陸路は大切」

「はいはい、私の顔を見なくてもわかっていますわよ。『災害は忘れた頃にやってくる』でしたわよね。近江《おうみ》大津の城に住んでいた頃起きたあの地震の経験は忘れてはいませんわよ、災害対策に日本列島を街道で結んで物資の融通や救援を送れるようにする。お金はかかるがとても有益なこと。ちゃんと工事費は出しますわよ。ただ伊達様の領内は伊達様に出していただきますけどね。しかし伊達家もうちの農業改革支援と石炭採掘で蓄えが出来ているはず、街道整備費を出し渋るようなら幕府から命じて貰うよう致します」

「よろしく頼む」

こっそり手を挙げ、

「あの〜少々お時間よろしいでしょうか？」

その言葉は山内一豊に言って貰《もら》いたかったな。

「ん？　どうした？」

「伊達様ですが、御先代様が街道整備の指南をお願いしてきたので費用の心配はないかと」

「輝宗《てるむね》殿自ら？」

「はい、なんでも蓄えを増やして謀反の疑いを懸けられてしまうからとも申しておりました」

「なるほど、領民の為の街道に金を使っているから疑うなよ！　ということか。はははははっ、輝宗殿らしい」

「ん？　真琴様？」

「ほら、政道を俺に預けた経緯に似ているでしょ」

「あ〜、ありましたわね。織田《おだ》家への人質として差し出すのと同じ意味を持っていましたものね」

茶々と昔を懐かしんだ。

「千代殿、今夜の宿に厄介になる」

「喜んで。どうぞ、ずずずいっーと中へ」

相変わらず圧《お》しが強いな。

この晩、相変わらず刺身はなく火の通った魚が次々に運ばれてきた。

常磐物《じょうばんもの》の大変美味《うま》い鮮度の良い魚も近くの大洗から容易に手にはいるはずなのに残念。

「もう少し早くに来ていただければ戻《もど》り鰹《がつお》が水揚げされていましたのに」

「鰹の刺身を食べたかったなぁ」

「鰹の刺身ですか？　山内家では生で食べることを禁じておりますが」

「うっ……」

「どうしました？　真琴様」

「いやなんでもないよ」

「そうですか？　あらこの平目の煮物肉厚で美味ですわよ」

茶々は常磐物の平目で喜んでいた。

俺は平目も刺身でプリプリの食感、自然の甘さ、そしてさっぱりしているけど良質の口に残らない脂を楽しみたいのに。

山内家の家臣が『鰹のたたき』を水戸の名物にしてしまう時間線になってしまうことをこの後しばらくして知ることとなる。

土佐名物が水戸の名物に……。

平目の刺身も、炙《あぶ》りや湯引きが主流になってしまう時間線、しかし、もう少し北の港を任せている伊達政道支配地ではうちの料理の影響が強い刺身が定着する。

食の鬼と呼ばれている俺、黒坂家領内に相応《ふさわ》しくバラエティーに富んだ料理が旅する者に喜ばれるようになる。


次の日には袋田大子《ふくろだだいご》温泉郷に到着した。

日暮れとなってしまったので流石《さすが》に袋田の滝は見には行かない。

この時代、袋田の滝を見るための観光トンネルはなく山道だ。

その山道はしばらく前、前田利家《としいえ》が観光に訪れたことで人々の噂《うわさ》となり見物客が増えたことで整備されたそうだが、それでも1時間ほど歩くことになるため、安全を優先して明日行くことにした。

「真琴《まこと》様、私を気づかってでございますか？　お初《はつ》やお江《ごう》とまではいきませんが、いざというとき戦場に出られるくらいの鍛錬はし続けています」

「ん？　そんなことはわかってるよ。茶々の脚力や体力を馬鹿になんてしていないよ。ただ、日が暮れてから滝を見に行っても全体が見られないからつまらないんだよ。未来だと、とても明るい光で夜の滝を照らして幻想的なのが見られるけどね」

「そうですか、未来ではそのような趣向を楽しむのですか」

「ここの滝は本当に大きいから明日ね」

「明日を楽しみにしておきます」

その日は袋田の滝から流れ出る音を遠くに聞きながら茶々と川縁《かわべり》の温泉に浸《つ》かる。

「いつもすまないな」

「ええ、本当に大変ですよ。常陸国《ひたちのくに》のことだけではないのですから。黒坂家は幕府補佐として大きな役目を背負っていますからね」

「ははは、本当に任せてしまってごめんなさい。なんか留守の間、安土《あづち》で一悶着《ひともんちゃく》あったみたいだし、お市《いち》様にも後でお礼状書かなきゃ」

「大変ですが楽しいですよ。それに」

「それに？」

「あの猿顔と結婚する未来があったかと思うと今の苦労など笑える楽しさですよ」

「あ～羽柴秀吉《はしばひでよし》とね」

「淀殿《よどどの》などと呼ばれ持ち上げられ滅びていく未来より、黒坂家留守居役として家臣に自ら命じる仕事の方がやりがいがあります。真琴様の未来の書物『ららぶ』の豊臣《とよとみ》家の滅亡のことを読んでしみじみ感じさせられました」

俺がこの時代に持ってきてしまった旅行雑誌は歴史特集がされており、結構詳しく書かれている。

だが、それはもうこの生きる時間線の未来ではない。

「なるほど、読んだのね。だが、もうあの書かれたような未来は来ないさ。あれは俺がこの時代にいない場合の未来。今は俺が変えに変えてしまっている」

「わかっております。良い世が作れるように私は協力しますよ。いや、私達《たち》真琴様を好いてしまった女子一同力を合わせて真琴様が作りたい世界線を描けるよう励みます」

「ありがとう。茶々が寛大で有り難い」

「私は寛大ではありませんわよ。ただ、未来の写し絵のように人々が楽しんで出歩ける世界を作りとうございます。それには『黒坂』の子孫が多い方が都合も良いのです。手駒が多ければ多いほど各地に送れますからね」

「手駒ねぇ……」

「手駒、言葉は悪いですが真琴様の血を引き継ぎ、私の目が届く所で育てている子達が育ったなら、目的意識や価値観は近い者となりましょう。そうなれば、国を富ませようとする働き手になるはずです。だから私は真琴様の子が増える為にも側室は許しているのですよ。学校もそうです。黒坂家流教育学で学んだ者は『富国強国』の意識が植え付けられております。全国各地に少しずつそれが広がっているのです」

「災害に強くそして食べることに困らない富んだ国、日本国だけでなく世界に拡《ひろ》げていきたいな。未来だと食べることに困る国々は多かったから。そして戦争も絶え間なくどこかで続いていたし……」

「平和で民が困らぬ世を作る為に世界の国々を回り指導していただく為に、私は留守を預からせていただきます。そして武丸《たけまる》に黒坂家を任せられるくらいになったら真琴様、世界を案内して下さいね」

「うん、頑張るよ」

ぴったりくっついてくる茶々。

久々に甘えて来た茶々としっぽりお風呂で……。

「真琴様、このような所で！　寝所に行ってからに……あっ」

翌日、快晴の中、山道を1時間ほど歩く。

「うわー、凄《すご》いです。今まで見た滝の中でも一二を争う勢いがあります。確かに真琴様が褒《たた》め称える滝なだけはあります」

茶々は袋田の滝の水しぶきに濡《ぬ》れることを嫌がりもせず目を輝かせ喜んだ。

「俺が自慢したい故郷常陸国の景色だ」

「真琴様がよく詠んでいらっしゃる俳句とやらで今の気持ちを詠むとしたなら……『秋風に　轟音《ごうおん》乗せる　袋田の滝』ん～上手《うま》く詠めないものですね」

「『美人と　あけびも濡れる　四度の滝』」

バシッ

「いたたたたたたた、何するんだよ」

「阿呆《あほう》な歌を詠むからですよ。歌碑でも建てられたらどうするのですか？　まるで……私のあれがこの滝を見て濡れているようではないですか？　そんな歌が未来に残ったらどうするのですか恥ずかしい。そのような歌は未来永劫《えいごう》二度と口にしないで下さい」

「う～下ネタ全く意識してないのに、滝の脇にあけびが実っていたから季語に使っただけなのに」

「でも駄目です。その歌は封印です」

久々に鬼の形相を見せられてしまった。

茶々《ちゃちゃ》は水しぶきを手ぬぐいで拭いながら、

「しかし、四度の滝、西行《さいぎょう》法師が四季に一度ずつ見た方が良いと絶賛したと言うのはわかります。桜とともに見たらさぞ美しいでしょうね」

「紅葉が散ってしまっているのが残念だな。２月ぐらいなら全面凍結と言う荘厳な滝も見れるが寒い」

「ふふふっ、出ました真琴様の寒がり。ふふふっ、でも十分です。とても素晴らしい滝」

「俺は八度の滝だと思っている。季節の合間の滝も見るべきだよ……『散り紅葉　流れに消える　四度の滝』」

「まともに詠めるんじゃないですか？っとに。その俳句は悪くはないですね。散りゆく紅葉が流れに乗るどころか滝の勢いに消えて行ってますから、それなら慶次《けいじ》も納得する歌かと。なら私ももう一句短歌にして『山肌に　流れる水の　勢いに　負けぬ思い　愛の心』」

「ん？」

「ふふふっ、他の者への愛はほどほどにして私への愛の心をいっぱい下さいね。このこと、水には流しちゃ駄目ですわよ」

いつもなら男勝りの気丈な振る舞いを見せる茶々が珍しく女の子モードを見せて可愛《かわい》らしい満面の笑みを見せていた。

あぁ〜茶々、やっぱり可愛いなぁ。


護衛に持たせていた弁当、滝を見ながら食べ、日が傾き始める頃、宿に戻った。

少々冷えてしまった体を、再び温泉に入り二人で温め合った。

しっぽり……。

「真琴様、ですから、寝所に行ってから……ああああああっ」

3泊、袋田温泉で短い休暇をとり茨城城に帰る道で休憩に1軒の茶屋に寄る。

店主の老夫婦は地面に頭を付けて畏《かしこ》まるが、やめてほしい。

まだ、会釈だけで十分だと言うのは浸透しきっていない。

自分が右大臣であり、常陸国の国主なのは理解しているが、どうしても慣れないもの。

そんな老夫婦にお茶と食い物を頼むと、

「みすぼらしい食べ物ですみません」

謝りながら味噌《みそ》で煮た蒟蒻《こんにゃく》の串刺しを出してきた。

「いやいや、温かい料理は有り難いよ。うちの家臣たちにも頼むね。ちゃんとお代は払うから」

「とんでもねぇえこって、御領主様からお代は貰《もら》えねぇべよ」

遠慮するが財布を持つ茶々はにこやかに払って、

「美味《おい》しい蒟蒻ありがとう。そう言えば蒟蒻って、真琴様の……にもあるのですか？」

他に聞こえないように大事な所は小声にして言った。

「え？　普通にあるよ。日本料理の代表的食材で世界的にも有名だし、健康を気にする人は喜んで食べてるよ。俺も酢味噌で食べる刺身こんにゃく好きだし」

「え？　世界的に？　この作るのが大変な蒟蒻がですか？」

「あ〜作り置きが出来ないんだっけ？」

「はい。城でも食べるときは桜子《さくらこ》達が芋をすりおろしてその都度作ってますよ。よく、痒《かゆ》い痒いって嘆いているのを目にします」

「ん？　蒟蒻って、薄く切って冬場に乾燥させて粉にする製法があるんだけど、ん？　あっ！　確か小学校の郷土史で習ったけど今から200年くらいあとの話だな、確か水戸《みと》藩那珂《なか》郡の中島藤右衛門《なかじまとうえもん》が製法を確立して水戸藩の専売品になったんだよ」

「あら、それは良い作り方ではないですか。すぐに広めましょう」

俺が生まれ育った未来では、蒟蒻と言えば『群馬県』って言われるくらい定着していたが、実は製法を確立して食べやすくしたのは『茨城県民』の祖先だ。

元祖蒟蒻の聖地は茨城だ！　凄いだろ！

江戸時代なら蒟蒻は水戸藩の代表的産物。

今まで忘れていたが、郷土史で習った物が今役にたつとは。

平成時代、袋田のお土産と言えば刺身蒟蒻だったな、忘れていた。

このあと茨城城に戻り料理方教授を務めている桃子《ももこ》、梅子《うめこ》に頼んで女子校の生徒たちに乾燥蒟蒻を作らせると新たな産業になった。

蒟蒻、製法を確立した人も蒟蒻が兵器として茨城の海岸からアメリカに飛ばすことに使われるなど思ってもいなかっただろうな。

太平洋戦争で使われた風船爆弾、資材不足から風船は和紙に蒟蒻を塗った物なのだが、それもまた発想した人も凄いな。

保存製法が編み出された茨城の空を飛んでいく蒟蒻、不思議な因縁だ。

この未来ではそんな使われ方が来ないことを願う。

◇◆◇◆◇

1596年正月

いつもの殺生を禁じて作る黒坂《くろさか》家精進おせち料理を味わう三が日が過ぎた4日、家臣を集めた挨拶兼宴会が行われた。

うちは朝廷に食肉を解禁させるため彼岸・盆・釈迦《しゃか》の誕生日の食肉を禁止し、食べた動物達の供養をするよう全国におふれを出しているので、さらに模範になるよう三が日も自粛している。

そう言う城の生活は女子学校の者が嫁ぎ先で広めていく、それが狙いでもある。

4日、午前に家臣たちの正月の挨拶を受け昼に宴会となる。

久々に常磐物《じょうばんもの》の鮟鱇《あんこう》料理で舌鼓を打っていると、

「大殿様、蝦夷《えみし》の民から早船で大殿様に食していただきたいと何だか気色の悪い物が届いたのですがいかが致しましょう？」

料理方を務めている生徒が聞いてきた。

「ん？　気色の悪い？」

「なんて表現して良いのやら……」

それを聞いて隣で酌をしてくれていた桜子がすぐに見に行くと、蓋をした盥《たらい》を持ってきて、

「あの～御主人様、言いにくいのですが、その～……赤ん坊のおちんちんに似ていて、ごらんになりますか？」

赤面しながら聞いてくる。

「あ～わかった。ルッツだね？」

盥の蓋を取って貰うと、押し固められた雪の上に並ぶ赤ウインナーのような生き物が大量にある。茶々がそれを覗《のぞ》き見て、

「まぁ～本当、武丸のおちんちんによく似ていること、なんですかこれは？　食べられるのですか？」

「はははははっ、似てるよね」

茶々もお酒が入り少し酔っていて皆に聞こえてしまうと、それを聞いた弥美《やみ》が、

「きゃはははははは、おちんちんに似てるんですかぁ～私見たことなくてぇ～見せてぇ～……うげっキモッ」

戸惑っていた。

「これは通称ルッツ、ユムシという海底に住む生き物なんだけど珍しい。食べてみたいと思っていたんだよ。桜子、これ捌《さば》いて内臓を取り出して刺身にしてみんなのつまみに出して」

「はい、わかりました。梅子、桃子、手伝って」

「はい、姉様」

二人がそれを持って退席すると、近くに座っている鶴美《つるみ》が、

「うわ〜北条《ほうじょう》に居たときも献上されたことあるけど、あれ食べるの？　私は嫌よ」

「まあまあ、あれ、見た目と反して美味《うま》いらしいから」

「私も嫌かな、その見た目は……」

お初《はつ》も鶴美に同調するが、お江《ごう》は目をランランとさせていた。

「なんだっぺ？　あれに似てるってことは、でれすけの精力付けるのに薬になっぺか？」

「なりそうでした」

「小糸《こいと》、小滝《こたき》、あれが精力付けるなんて聞いたことないから、大体あれはそんなに獲《と》れないから珍味として楽しもうよ」

「しゃぁんめか」（仕方ないか・茨城弁）

「ごじゃっぺな見た目でした」

小糸と小滝は残念がっていた。

しばらくして、皿に盛り飾られてきた。

うん、なんでこれをわざわざ、スクール水着萌《も》え美少女が描かれた皿に盛るかな？

しかも、胸の谷間に並べて。卑猥《ひわい》だ。

桜子達《たち》の顔を見ると、真っ赤になっているので酔っているのだろう。

それでこの盛り付けか？

「うわっ～なんだ、これ」

前田《まえだ》慶次がドン引きしている。

少し離れた下座で、

「おっ、また珍しい物が食べられる。やはり黒坂家に仕えて良かった」

本多《ほんだ》正純《まさずみ》が、皿を見つめていた。

「みんな、遠慮しないで食べて。どれ、俺も、おっ、ほんと癖がない。コリコリして美味い」

皆が躊躇《ちゅうちょ》する中、お江は、

「あっ、イカとか貝とかに似てて美味しい」

本多正純も、

「くぁ、見た目とは違い繊細な味、これは美味い」

喜ぶと皆恐る恐る口に運んで、意外に美味いと喜ぶ。

茶々《ちゃちゃ》も、

「あら、上品なお味で美味ですわね」

「私は、無理」

鶴美は目を逸《そ》らし、お初はご立腹。

「桜子～こんなお皿に盛るからなんか、思い出しちゃったじゃない。余計に食べづらくなってしまったわよ」

「お初様、これは趣向と言うものですわよ。御主人様ならこうすれば喜ぶだろうなぁと」

「私は……うっ、胸に挟めるアレ」

「え～姉上様、なにを思い浮かべてるんですか？　マコのアレ？　姉上様には挟めませんよね」

「五月蝿《うるさ》いわね、お江、あなた少しお酒を飲みすぎてるのでは？」

「私、そんなに飲んでないもん。マコ～今夜、私の番だからいっぱい挟んであげるね」

お江は明らかに飲み過ぎて下ネタ全開になっていた。

末席では、紅常陸《ひたち》隊の女子達が顔を真っ赤にして、「キャーキャー」と、恥じらいが混じった悲鳴を小さく上げていた。


しばらくみんな料理と酒を楽しんでいると、新免無二《しんめんむに》が酌をしに来た。

「御大将、一献どうぞ」

「あっ、ありがとう。ただ気にしないで無礼講で楽しんでよ。酌ってなんか苦手で」

「そうでしたか。とんだご無礼を」

「気にしなくて大丈夫、そう言う文化があるのはわかってるから」

彼らにはお酌をしてくれる生徒達が隣にいるがお触り禁止で至って上品に飲んでいる。

俺の正面になる下座では金屏風《きんびょうぶ》を背景に、日本舞踊やララ・リリリが教えているハワイアンダンスが披露されている。

その為《ため》、多くは席を動かず飲んでいたのだが、いつもは無骨な新免無二が珍しく酌にくるなんて？

「なにか話でもあるのかな？」

「年賀にあたりましてお願いしたき事あり、よろしいでしょうか？」

「なに？　聞きとどけられることなら叶《かな》えたいけど」

「我が12歳になった息子、武蔵《たけぞう》を若様付きとして御側《おそば》に上がらせていただきたくお願い申し上げます」

新免無二の子、武蔵は後に宮本武蔵《みやもとむさし》として知られる者だ。

「そろそろ、武丸《たけまる》達と同じ年代の者をやとわねばならないな。それに12歳か、宗矩《むねのり》や幸村《ゆきむら》が俺の家臣になったのはそのくらいだったから早くはないか。ちなみに今、武蔵は？」

「はっ、私も厳しく十手術を仕込んでおりますが、柳生《やぎゅう》道場や鹿島道場にも通い剣術を習う日々にございます」

真壁氏幹《まかべうじもと》が、

「私も稽古を付けておりますが、腕は確かでございます。腕力が強いのなんの、これからの成長が楽しみな若者でございます」

「鬼真壁が認めるなら確かだな」

でも、これは二天一流ルート大丈夫か？

「茶々、どうだ？」

「私もそろそろ、武丸達の小姓をと考えていました。何人か小姓として取り立ててくれればと」

「大殿様、問題なきかと」

忍びを使って俺の家臣を日々監視している猿飛佐助《さるとびさすけ》が耳元に近づき小声でささやいた。

「新免無二、武蔵を元服させ名を新免宮本武蔵とし、茨城城に出仕を命ずる」

「ありがたき幸せ」

新免武蔵を宮本武蔵にするには真田《さなだ》幸村のように強制的に名を与えるしかないだろう。

二天一流ルートは諦めるとして名くらいは。

もう一人くらい小姓が欲しい。

出来れば俺に古くから仕える者の身内が良い。

「御大将、うちの次男坊、久龍《ひさたつ》も12歳、出仕させます」

前田慶次《けいじ》が俺の前に来て言った。

「おっ、慶次の子なら間違いない。武丸付きにいたす」

「はっ、ありがたき幸せ」

加賀《かが》藩に残る文献では前田慶次の子は正虎《まさとら》の他は女子だったらしいが、この時間線では次男・三男が側室の子にいるそうだ。

女子達は名と身分を偽り女子学校で生徒に紛れ込み学びながら生徒達を監視し、男児は柳生道場で鍛えていると言う。

慶次に似ず真面目だとお初が褒めていた。

「他に10代前半の者がおり、武丸付き小姓になりたき者がおれば申し出るように。親族等の紹介でもかまわぬぞ」

「「「はっ、わかりましてございます」」」

「堅い話はここまで、さあ、今日は飲み食いして無礼講で楽しんでくれ」

宮本武蔵・前田久龍、次世代の武将を雇い出す頃合いにもうなったのかと俺はしみじみと感じた。

平成時代では宮本武蔵として知られる新免宮本武蔵と、前田慶次の次男の前田久龍が茨城城に出仕の挨拶に来る。

武丸も同席させる。

「出仕ご苦労、これより宮本武蔵と前田久龍は武丸付き小姓とし500石で召し抱える」

宮本武蔵は少し癖っ毛な筋肉質な男の子、年齢の割にはがっちりした体格だ。

そして前田久龍は12歳長身で痩せ型体形。

「武丸様付き有り難きお話ではありますが、誠に申し上げにくいのですが、諸国修行の旅がいたしとうございます」

「そうか、諸国修行か？　だが武蔵、今、一番剣客が集まってるところはどこだと思う？」

「え？」

「当家には柳生新陰流《しんかげりゅう》の柳生宗矩、鹿島神道流開祖塚原卜伝《つかはらぼくでん》の愛弟子《まなでし》・真壁氏幹、そして巌流《がんりゅう》・佐々木小次郎《ささきこじろう》、槍《やり》の使い手の前田慶次に真田幸村、そして俺もいるが不服か？」

「あっ！」

柳生宗矩、前田慶次、真田幸村、真壁氏幹、佐々木小次郎、武蔵の父新免無二、そして俺のほぼほぼ最強剣客集団な当家を出て諸国修行の旅？　意味がないのでは？

「時間を作り俺が直々に稽古をつけてやることも出来る。山などで体力を付けたいなら筑《つ》波山《ばさん》や神峰《かみね》の山などに行くと良い。それを行う為の時間も許す」

「御大将、御自重下さい。10年前の一武将ではないのですから、宗矩達を雇われたときのような腕試しはおやめください」

力丸《りきまる》に止められた。

前田久龍は静かに聞いていた。

「久龍は不服はないのか？」

「はっ、私は願うとしたら父とは違いまして槍働きなど武芸より、筆による働きをいたしたく」

「後々は武丸の右筆になるように考えよう。算盤《そろばん》も達者になってくれ、武芸が苦手というなら鉄砲の腕前を鍛えると良い。鉄砲はこれからも進化し続ける。当家ではそれを試している」

「鉄砲、なるほど、かしこまりました」

久龍は槍働きは好きではないのか？　まぁ、それならそれで構わない。

「一緒に父上様が作られている世を引き継げるよう、互いに励みましょう。よろしくお願いします」

突然利発に武丸は言う。

俺はびっくりして武丸の顔を凝視した。

茶々が教え込んでるのか？

普段は無口で動物達を可愛《かわい》がる武丸はちゃんと武将として育っているのか？　嬉《うれ》しい。

宮本武蔵と前田久龍には、水戸《みと》のお抱え刀匠に作らせた大小の刀を授け、小姓として雇った。

第五章　激怒！　織田信長

1596年春

梅が咲き始めた春には4隻の新造船・高速輸送連絡船が完成した。

高速輸送連絡船型木造帆船・青龍丸・白虎丸・朱雀《すざく》丸・玄武丸。

進水式の御祓《おはら》いを鹿島港で済ませる。

「それぞれの役目を命じる。玄武丸は樺太《からふと》、青龍丸はハワイ島、白虎丸は大坂城港、朱雀丸はオーストラリア大陸ケアンズ港への定期便船とする。速さが求められる連絡船、しかし、乗船する者の命より大切な情報などない。良いか、第一は安全、命を守り情報伝達をせよ」

それぞれの乗員人数は大砲を扱う兵も含め35人、うちの水軍兵士が着任した。

天候や波の条件が良いと最短で樺太へは4日、ハワイ島へは10日、大坂城港へは2日、オーストラリア大陸へは20日で行き来する定期便船となる。

一気に世界は縮まった。

その縮まった世界が新たな幕開けとなることに気が付くのは少しあとだった。

良い伝令だけが届くわけではない。

織田信長《おだのぶなが》を烈火のごとく怒らせた伝令が届いたのは、オーストラリア大陸へ出航の準備をしだした4月のこと。

バチカンには織田信雄《のぶかつ》と高山右近《たかやまうこん》を友好の使者に出して約3年になる。

返ってきた答え。

それは織田信長を烈火のごとく怒らせた。

その情報が入り俺はオーストラリア大陸へ向かう前に大坂城港に出港、急いで信長の下《もと》に向かった。

「まさか、バチカンがそんな暴挙をするとは思わなかった。予想外だ」

一人自分で書いた世界地図を見ながら考えていた。

「真琴《まこと》様、顔色が……大丈夫ですか？」

「心配ない」

静かに見つめているお初《はつ》が心配そうな顔をしていた。

俺は高速輸送連絡船からの伝令を信じられずに嘘《うそ》であることを願った。

驚くべき伝令。

大坂城港へ着くとすぐに織田信長のいる天守に向かう。

「常陸《ひたち》、これが南蛮の神に仕える者のすることかぁーーーー！」

初めて俺は織田信長に怒鳴られた。

「まさか、信雄殿を磔《はりつけ》にするとは、流石《さすが》に予想外過ぎます。ここまでの暴挙をすることはないと思っておりました。まだ理由だってなかったはず」

大坂城港からの知らせはバチカンへの使者である織田信雄の磔の知らせだ。

使者である以上、交渉決裂で宣戦布告になる場合でも磔などにするなどは考えてはいなかった。

「高山右近は？」

「知らぬ！　おのれーーーー！　伴天連《ばてれん》共め！　目に物見せてくれるわ！　常陸、すぐに攻め込む計画をたてよ。国内の吉利支丹《きりしたん》は改宗を命じる。従わぬ者は磔とせよ」

「待って下さい。国内の者は関係ありません。無駄に血を流すことはないかと」

「常陸、貴様、吉利支丹の肩を持つのか！」

「まさか。ですが、政治と宗教は別。これは最早《もはや》、国と国の対立。この国、関係ない民を苦しませることには意見させていただきます。それが俺のお役目だったはず。俺は貴方《あなた》の家臣ではない！」

俺は最後語尾を強めて言うと、織田信長は一度目を閉じ、冷静になったのか声のトーン

を落とした。

「そうであったな、だが、吉利支丹を許すことは出来んぞ」

「吉利支丹ではなく、この判断をしたバチカンの王には制裁をするべきだと俺も思います」

「吉利支丹の王か」

大航海時代に日本国が参戦した以上いずれはスペイン、ポルトガルと一戦交える時が来るとは思っていたが、これほど早まるとは。

しかも最悪な形で戦となる。

大きく変えてしまった歴史は予想外過ぎる展開で動き出した。

「信長様、吉利支丹の王を敵にすることに信長様にも覚悟をしていただきます。それは世界を制する覇者になっていただく覚悟にございます」

「あぁ、なってやろうではないか。この信長天下布武の天下は世界だ。このような非道を許さぬ天下を作る。常陸手を貸せ」

織田信長は地球儀を平手で叩《たた》きバンッと大きな音を立てた。

「俺もこの時代のうちに政教分離の秩序を作りたいので全力でお支えします。俺は一度オーストラリア大陸に向かいますが、出兵は控えて大陸から大量の火薬や鉄鉱石などの購入を急いで下さい。そして、明《みん》だか清《しん》だかわかりませんが、中立を保つように使者を」

「よし、わかった。今覇権を争っている唐《から》の者どもの使者は佐々成政《さつさなりまさ》とする。常陸、貴様は南蛮人共を未来の知識で痛めつけてやれ」

「はい。では」

俺は一度ケアンズ港を大急ぎで目指した。

オーストラリア大陸には分散された軍艦が有るからだ。

集結させる必要がある。

KING・of・ZIPANGⅡ号同型艦、羽柴秀吉《はしばひでよし》、蒲生氏郷《がもううじさと》、前田利家《まえだとしいえ》・森蘭丸《もりらんまる》、それぞれ1隻計4隻。

織田信長専用南蛮型鉄甲船KING・of・ZIPANGⅢ号に南蛮型鉄甲船新旧併せて35隻。

俺の水軍の南蛮型鉄甲船KING・of・ZIPANGⅡ号同型艦、Champion of the sea HITACHI号・Champion of the sea TSUKUBA号・Champion of the sea KASHIMA号・他旧型5隻保有。

世界を敵にするからにはこの合わせ47隻の鉄甲船を効果的に使わなければならない。

高速輸送連絡船は戦闘用ではないので数には入れない。

バチカンを敵に回す。

それは世界を敵にすることに等しい。

考えなくては、どう攻めるかを。

どうすれば、未来まで続く平和、秩序を作れるかを。

◇◆◇◆◇

《時は遡り、スペイン王国》

「フィリッペ王、いよいよ来ましたぞ。東の果ての野蛮なる国、その悪魔王の使者が」

「ふっ、そのような者に会いたくもないが、せっかくだ、顔くらいは拝んでから始末しようではないか」

「ふふふふっ、物好きなことで」

「世界の海は我が国が治める。それを阻む者は討つ。世界の富は我が国、我が物。異国の者は奴隷としてそれを支えるのが役目」

「おっしゃるとおりで。黒坂真琴《くろさか》はそれを邪魔する者、そして、悪魔王はそれを指示しております。いずれは王の敵となりましょう」

「商人達《たち》から何やら東の果てで好き勝手を始めているとか聞いたぞ」

「奴《やつ》らが造る船ならそれはあり得ること、早く芽を摘まねば」

「城を海から砲撃して灰燼《かいじん》にするとは本当か？」

「この目でその戦を見てきましたから本当でございます。黒坂真琴と名乗る者が怪しげな奇術で悪魔から知識を得ていると思われます。悪魔は滅ぼさねばなりませんぞ。これはローマ教皇の命でございます」

「そうであるな」

フィリッペ王に意見する者の陰にはうっすらとドス黒い霧の影が隠れていた。

◇◆◇◆◇

高山右近と織田信雄は、バチカン・ローマ教皇クレメンス8世に日本国の王・織田信長の使者として拝謁する為《ため》、スペインの南蛮貿易船に乗り太平洋横断アメリカ大陸メキシコルートから地中海に渡り現大航海時代の覇者スペイン帝国国王フィリッペ2世に拝謁することになった。

「我が父、日本国の王・織田信長からローマ教皇様への親書を渡したく、取り次ぎの手配をお願いいたしたく」

拝謁を許された織田信雄はフィリッペ2世に挨拶をすると、高山右近が通訳をした後、

「フィリッペ陛下に申しあげます。日本の王は帝《みかど》、織田信長はそのお方を排斥して王を名乗っている魔王。そしてその配下、黒坂真琴は世界を支配しようとしています。今すぐ止

めるべくお力をおかしください」

高山右近は胸のロザリオを額に当てて拝みながら言う。

「高山右近、貴様、命をたすけていただいた二人を裏切る気かぁーーーー！」

船内でスペイン語を必死に勉強した織田信雄はその言葉が何だったのか聞き取り理解した。

必死に勉強、父・織田信長に認められようとした結果が裏切りの言葉を耳にすることになってしまった。

「裏切る？　私の主《しゅ》はデウスのみ。日本にデウスの教えを広めようとしているのにそれを阻む黒坂真琴、そしてその意見を取り入れる織田信長は邪魔なだけ。これを機会に日本もイスパニアの傘下に入れれば良い」

「おのれー右近！　貴様、この機会を待っていたのか！」

「笠間《かさま》に残した信者達から黒坂真琴がいずれ南蛮に使者を送ると知らせが入っていたので耐え忍び待っていた。この日を来るのをずっとな」

「くそっ、あの時首を斬っておけばよかったものを」

「もう遅い。フィリッペ陛下、日本国は早く討たねば神デウスを信じる者の迫害を始めるだけでなく、この国まで攻めてきますぞ。それ程の造船技術を持っております。強力な大砲、飛距離が長い鉄砲、そして鉄を貼った守りの堅い船、悪魔の知恵を使い次々に成功させています。奴らは危険です」

高山右近の言葉を頷《うなず》きながら聞くフィリッペ2世。

今にも斬りかかりそうな織田信雄は、物陰から現れた宣教師の顔を見て、その手を止めた。

「どうですか？　野蛮なる魔王の使者は？」

「貴様はルイス・フロイス！　なぜここに？」

「日本を攻めるよう各国に団結を呼びかけていたのよ。あの魔王織田信長、そして悪魔の力を使う黒坂真琴はデウスの敵。殺さねば天使が笛を吹いてしまう」

天使の笛とは世界が終わるときに吹かれるという笛のこと。

「天使の笛など聞きたくない。その者を捕らえよ。ローマ教皇様に会わすなど言語道断、ポルトガルと結びし条約に基づき、支配権にしていた島・領地を好き勝手に武力をもって切り取るような国の使者は磔だ。高山右近、そなたは我が家臣となれ」

「はい、デウスの為ならば、アーメン」

抜刀しようとした織田信雄を衛兵が一気に取り押さえた。

「おのれ！　高山右近！　裏切り者、貴様だけはこの手で斬る」

「お〜恐《こわ》い恐い、流石、魔王の子よ」

ルイス・フロイスは、薄ら笑いを見せていた。

そしてジブラルタル岬に連れていかれた織田信雄《おだのぶかつ》は、十字架に縛り付けられ磔になった。

「フィリッペーーー、我を殺さば我が父、信長《のぶなが》は貴様を殺すぞ！　貴様たちの艦隊など我が国の艦隊に比べれば海に浮かぶ丸太も同然よ、ぬはははははははは、地獄で貴様たちが来るのを待っているぞ！　父上ーーー！　ぐはぁっっっっ」

豪快に叫んだあと槍《やり》で刺され息絶えた。

それを高山右近《たかやまうこん》は、胸前で十字を切り見ていた。

緩んだ口元を必死に隠しながら。

織田信雄の遺体は、そのまま幾日も晒《さら》される屈辱的な刑だった。

◇◆◇◆◇

俺はオーストラリア大陸ケアンズ港に行く。

高速輸送連絡船も1隻連れて。

高速輸送連絡船で蒲生氏郷、前田利家、羽柴秀吉を呼び出す。

「何事でございますか？」

蒲生氏郷がケアンズ城の広間で一番初めに口を開いた。

「これより、南蛮船は全て敵になったと思え。南蛮の王に使者に行った織田信雄殿が磔にされた」

俺は織田信雄の磔《はりつけ》を知らせると、前田利家が勢いよく立ち上がり、

「おのれ、許すまじ」

「あぁ、許さん。使者をそのようにする国など許さん。よって前田利家、蒲生氏郷は柳生《やぎゅう》宗矩《むねのり》の城に行き戦支度を始めてくれ。総大将を前田利家とする。そして前田慶次《けいじ》にオーストラリア大陸留守居役を命じる」

豪州統制大将軍として命じるからには命令口調だ。

「かしこまってそうろう」

「儂《わし》はどこだゃ～？」

「羽柴秀吉、織田信長様と合流を命じる」

「上様の下《もと》なら良いだみゃ」

きりっとした目つき、武将の目つきに変わる。

「伊達《だて》政宗《まさむね》は？」

前田利家が聞いてきた。

「伊達政宗は俺と一緒に出撃する。別から攻める。今回は世界中が敵、同じ航路で攻めても目標に到達出来るとは限らない。その為東西に分かれる。これは長い戦いになるだろうが一気に支配圏を増やす。制海権を奪い有利な持久戦を目指す。前田利家は柳生宗矩、蒲

生氏郷を率いてここを目指してくれ。先《ま》ずは一気にインド洋を制する。目指すはマダガスカル島」

意表を突いた戦略は多少の博打《ばくち》は必要。

インド洋大航海、これが出来るかどうかが前田利家率いる軍の勝敗を決する。

KING・of・ZIPANGⅡ号同型艦、前田利家・蒲生氏郷、旧型南蛮型鉄甲船2隻・柳生宗矩。

木造ガレオン船は戦力にはしていない。

少数精鋭でマダガスカル島を取って欲しい。

オーストラリア大陸から無寄港でマダガスカル島を落とす。

一気にインド洋の支配権を覆す。

マダガスカル島を抑えモザンビーク海峡を封鎖してしまえば、インド洋航路から日本国に攻め込むことが出来なくなる。

マダガスカル島を抑えてから、スペインなどが支配下にしているインド洋に面した港をゆっくりと制圧、日本国から増援を着実に送れるようにする。

それを実行するためにはマダガスカル島は重要な拠点になる。

そのことを説明すると前田利家達はすぐに準備を始めた。

俺は伊達政宗と合流し、羽柴秀吉も連れ大坂城港にとんぼ返りをした。

「右府様、私は異国に憧れておりました。交易を盛んにし、いずれは南蛮の国に行きたいとも思っておりました。それがこんな形で敵になるなどとは」

伊達政宗は悲しそうに世界地図を見ていた。

「政宗殿、俺はいずれは戦うと思っていました。しかしこのような非道で火蓋が切られるとは思っていませんでした。これでは信長様の怒りを完全に静めるためにはバチカンまで攻めることになるでしょう。大きな戦となります。政宗殿、我が右腕として頼りにしています」

「そんな勿体《もったい》なき御言葉《おことば》を」

伊達政宗の両手を握り取ると、とても力強く握り返して同意を表してくれた。

柳生宗矩が味方の大名を増やすべきと言ったことがこんな形で現実に必要になるなんて……。

◇◆◇◆◇

1596年夏

俺は大坂城港に着くと、イライラしながら待っている織田信長がいた。

「遅い！」
「いや、オーストラリアから行き帰りには3ヶ月近くは必要ですからこれが限界ですよ。それより唐国《からくに》の件は？」
「佐々成政《さっさなりまさ》が同盟を成し遂げてきた。さぁ、次の手立てを早く説明しろ」
それを聞いて、大広間で評定が開かれた。
「佐々殿のおかげで後顧の憂いはひとまずなくなりましたので進軍を開始します。前田利《まえだとし》家《いえ》にはこの島マダガスカル島を攻め落とすように命令してきました。さらに現在、信長様の指揮下にある水軍を4派に分かれさせ、幕府・信忠《のぶただ》様指揮下に5隻を残し日本国の防衛に致します。そして総大将・羽柴秀吉《はしばひでよし》指揮下に15隻としインドネシアルートから侵略しながらマダガスカル島を目指す軍と、俺とともに行動する軍とに分かれます。残る一派、信長様の水軍は九州で待っていてください」
うちの水軍は新型南蛮型鉄甲船3隻
Champion of the sea HITACHI号・艦長・黒坂真琴《くろさかまこと》
Champion of the sea TSUKUBA号・艦長・前田慶次
Champion of the sea KASHIMA号・艦長・真壁氏幹《まかべうじもと》
他旧型5隻保有＋木造高速輸送連絡船4隻だ。
前田慶次が新型南蛮型鉄甲船1隻と信長直下水軍の旧型南蛮型ガレオン船でオーストラ

リア大陸の守備をする。

旧型南蛮型鉄甲船2隻を率いて前田利家と行動を共にする柳生宗矩。

そうなると俺が攻め込むのに使えるのは新型南蛮型鉄甲船2隻300人乗りと、旧型南蛮型鉄甲船3隻200人乗り、伊達政宗の旧型南蛮型鉄甲船1隻200人。

合計6隻、兵士1400人だ。

余裕がない。

その為《ため》、樺太《からふと》へ行き来する真田《さなだ》幸村《ゆきむら》も戦力にするため、樺太には木造高速輸送連絡船を使い樺太開発の役目を幸村の家臣と交代させ、幸村を進軍に加える。

それでもまだまだ心許《こころもと》ない戦力。

「信長様、旧型南蛮型鉄甲船10隻兵士2000人をおかしください」

「構わぬが、常陸《ひたち》はどこに向かう気だ？」

「俺が目指すは敵の太平洋拠点です」

地図を指す。

「東西を一気に攻め取るか？　良かろう。全指揮権は世界の地形を熟知している常陸に委ねる。者共、常陸の命に従え」

「この戦い、統治を目的にはせず、支配圏拡大をし、スペイン・ポルトガルに攻め込むための海路の確保を目的といたします。よって攻め取るのはスペイン・ポルトガルが支配していた港のみ。あとは先住民と平和的な同盟を結んでください。多くの国々はスペイン・ポルトガルに虐げられ略取略奪・奴隷にされ不平不満を持つ者ばかりのはず。いかにスペイン・ポルトガルの力をそぎ、他国と友好が結べるかがこの戦いの勝敗を決めます。不必要な、いや、必要以上の土地はいりません。補給が出来る港の確保を第一として下さい。これは全権を任されたこの右大臣黒坂常陸守《ひたちのかみ》真琴の厳命として出撃を命じる」

「オーストラリアにニュージーランド、タスマニアで手一杯。確かに領地はもういらないだぎゃ」

そう言ったのは意外にも羽柴秀吉だった。

十二分すぎる領地を手にすれば持て余すことを彼はオーストラリア大陸で学んでいた。

「領地として切り取りたいのは、このマダガスカル島とその先の大陸のさきっちょケープタウンだけで良いですね」

「「「心得まして御座います」」」

集まった出撃する重臣達《たち》は頭を下げた。

俺は織田信長に新型鉄甲船の造船に力を入れるように頼み、一度、鹿島城港に戻る。

軍備を整える為だ。

伊達政宗にも一度仙台に戻り、軍備を整えさせる。

高速輸送連絡船で真田幸村も樺太から呼び戻す。

力丸《りきまる》がすでに安土《あづち》城からの知らせで武器弾薬・保存食や長い船旅に耐えられる選《よ》りすぐりの兵を準備してくれていた。

◇◆◇◆◇

《小糸《こいと》と小滝《こたき》》

「小滝、新しい兵糧丸です。蜜柑《みかん》や柚《ゆず》など柑橘《かんきつ》の皮を干した陳皮《ちんぴ》を多く練り入れました。でれすけの知識では、長い船旅では『壊血病』と呼ぶ栄養不足が引き金となる病があるそうです。それに積み込む米は籾殻《もみがら》が付いたままです。黒坂家で食べている白米は大切な栄養が削《そ》がれているそうです。あまり糠《ぬか》を落とさず食べさせなさい。『脚気《かっけ》』と呼ばれるこれも栄養不足からなる病気対策です。でれすけだけでなく兵の皆さんの食事を桜子《さくらこ》様、梅《うめ》子《こ》様に協力して気に掛けなさい。医食同源、これはでれすけが大切にしてきたことです」

「はい、姉様」

「あと、味噌《みそ》は伊達様から買い求めました。伊達家の味噌は腐りにくいと評判だったので。他にも干し味噌も作りました。必ず1日1杯は飲んで貰《もら》いなさい。これもでれすけの知識ですが、味噌など発酵した食品はお腹《なか》を強くする。それは病気封じになるとのこと」

「姉様、私も右大臣様の書物を読んでいるでした。わかっているでした」

「そうでしたわね。兎《と》に角《かく》、でれすけを病気で死なせるようなことだけはないようにあなたが一番気をつけるのですよ」

「はい、姉様」

《茶々《ちゃちゃ》とお初《はつ》》

「お初、この度の異国との争いは長引くでしょう。そして、辛《つら》い戦いとなるでしょう。そこであなたが真琴様に付いて行きなさい」

「えっ、よろしいので？　てっきり暗殺に長《た》けているお江《ごう》かと思っていましたが」

「お江は後に出来るであろう船に乗せ援軍を率いさせるのに残します」

「援軍、なるほど」

「あなたは真琴様の御側《おそば》から離れず、身を挺《てい》して守るのです。あなたはその覚悟を持っているからこそ任せられるのです」

「絶対に私より先には死なせるつもりはありません」

「その気持ちが強く、そしてあなたは敵を討つだけの腕を持っている。だから任せられるのです。あぁ〜そうそう、真琴様は異国の女性を大変好みます。きっと鼻の下を伸ばすことが多いはず」

「わかっています。もう側室は増やさせません」

「いえ、異国の有力者の娘などは良いのです。そのような方と結ばれるのは武将の宿命。しかし、人を見極めるのはあなたの仕事です。仇《あだ》なす者かそうでないかをあなたの目でしっかり見なさい。トゥルックは現に樺太の先住民と北条《ほうじょう》や黒坂家から出されている手伝いの者との仲を取り持とうと励んでいるのを知らせで聞いております。そのように働く娘なら真琴様の嫁と呼ぶ側室に値する者です。私はそう言う者なら側室になって良いと考えています」

「姉上様は真琴様に寛大すぎますよ」

「そうですかね？　ですが、私は今の生活を作った、いや、領民が豊かに暮らせている世を作った真琴様の女癖くらいは目を瞑《つぶ》りたいのです」

「私は……私だけを見てくれている時が幸せ……あっ、いや何でもありません」

「あなたは真琴様を独り占めにしたいと昔から思っていましたものね。さて、そろそろ準備をしなさい。真琴様が鹿島神宮詣でに行きました。そのまま乗船してしまうかもしれません。急ぎなさい」

「はい、姉上様」

◇◆◇◆◇

荷物を船に積んでいる間に俺は一人、鹿島神宮に戦勝祈願をするため参拝し、夕暮れで暗くなりかけている長い参道を歩く。

すると、人影が見えた。

それは俺がよく知る甲冑《かっちゅう》を着る者。

和式愛闇幡型甲冑を着用したお初だった。

「私も付いて行くんだからね。勝手に一人で参拝して顔も見せないで行こうとなんてさせないわ」

「今回は死闘になる戦、長い長い戦になる。それでも来るのか？」

「覚悟の上よ。それに姉上様に見張りも頼まれたしね」

「はははっ、流石《さすが》に戦場で側室は増えないだろ」

「それがわからないのが真琴様じゃない。それと、お体が実は弱い真琴様、心だって弱い真琴様、人を殺すことが嫌いな真琴様、戦が嫌いな真琴様、そんな真琴様を私達みんなが支えなくてどうするというのです？」

「みんな？」

「食事担当に桜子と梅子、薬の調合担当の小滝、通訳のララも乗船を名乗り出て既に準備を整えているわよ。みんな命を真琴様に預け、そして支えるって。他の子達は国を守り、子達を守ってみせるって」

「そうか、わかった。その命を預かろう。俺自身じゃ健康管理も出来ない男だからな」

言うと和式愛闇幡型甲冑を着用した、桜子、梅子、小滝、ララが仮面をあげた状態で現れた。

「皆、頼むぞ」

「「「「はい」」」」

「あっ、甲冑揃《そろ》えるついでに真琴様のも新調したから。ほら、このまま船に乗らないでみんなに顔を見せて」

鹿島城の広間に向かうと、その甲冑は床の間に鎮座し、それの前に茶々や嫁達、そして、茨城城在住の武丸《たけまる》ら俺の子供達が勢揃いして座っていた。

「真琴様が考えていることなんてわかっていますよ。皆に会わずに乗船しようとしていたのでしょう。しかし、私達はちゃんと見送りたいのです。それに新たな世を作るための大戦に新たな甲冑を用意しました。これを着て下さい。潮風に強いように工夫した漆を何重にも塗らせ錆《さび》に強いという白銀の箔《はく》を施した甲冑です」

その中央の一番上座に鎮座していた甲冑は、基本構造は和式愛闇幡型甲冑ではあるが、白と言うか白銀の甲冑、兜《かぶと》は変わり兜と呼んで良いだろう。

武田《たけだ》信玄《しんげん》の諏訪《すわ》法性　兜《ほつしようのかぶと》や、石田《いしだ》三成《みつなり》の乱髪天衝脇立兜《らんぱつてんつきわきだてかぶと》のように兜にはヤクの白い毛がフサフサとあしらわれ、前立てには武甕槌　大神《たけみかづちのおおかみ》を具現化したような金の人面で、目にはオーストラリアから仕入れているオパールが使われている。

その目のオパールは青黒く光り輝き全ての物を睨《にら》みつけているようだ。

「真琴《まこと》様の甲冑は海風で傷みが激しいですからね。換えはいくらあっても足りないかと。勝手にとは思いましたが作らせていただきました」

茶々が言った。

「あぁ、作るつもりではいたが、なかなか良い甲冑ではないか？　かっこいいな」

上から下までしっかり見ていると、

「真琴様が注文なさると、次あたりは頭に美少女を乗せて戦いそうだったので、先回りして作らせていただきました。厚く信仰していらっしゃいます鹿島神宮の神様、武甕槌大神を前立てにいたし、御祓《おはら》いもしていただきました」

茶々が胸を張って言った。

「私はマコが頭に萌《もえ》な美少女を乗せるの期待してたんだけどな」

お江が言うと皆が笑い出す。

「ははははは、予想されてちょっと悔しいが良い甲冑だ。使わせてもらおう」

俺は甲冑を試着するとしっかりと俺の体型に合うように作られている。

「甲冑の名を決める。鹿島大明神愛闇幡型甲冑とする」

ん～何かこの前立て……この先、何かに勘違いされそうな予感がする。

でも、かっこいいから良いだろう。

ちなみにうちの兵士達には赤と金色で装飾された和式愛闇幡型甲冑が配られた。


うん、これ版権完全アウトな気がする。


まぁ、タイムスリッパーの俺には気にすることはないか。

「父上様、神様のようです」

武丸が目をギラギラと輝かせていた。

「武丸も大きくなったらこのような甲冑を作ってあげるからな」

「ありがとうございます」

「ちなみにですが」

「ん？　なに茶々」

「義父上《ちちうえ》様には真琴様が描いていた絵を参考にしてこの甲冑を作らせました。すでに安土には送っておきました」

そう言って、参考にしたという俺の絵を見せてきた。

「げっ、ダー〇〇イ〇ー卿《きょう》……」

伏せ字を多くしないと舞浜の方から怒られてしまいそうな甲冑だ。

「いかがいたしました？　なにか問題でも？」

「うん、きっと大丈夫。大丈夫なのか？……う〜しかし、織田信長《おだのぶなが》にこれを着せるか……似合う」

「そう思ったのですよ。一緒に描かれていた赤い西洋剣に似せるために水戸《みと》刀に赤漆を施した物も作らせ一緒に送らせていただきました。他にも蝗《いなご》甲冑ですか？　描いてあるのを見つけたのですが、似合いそうではないのでそちらは見送らせていただきました」

赤い日本刀、詳しく聞くと鎬地《しのぎじ》と呼ばれる刃とは逆の部分、横腹と言えば良いのか？　峰から刃縁《はぶち》を赤く装飾したそうだ。

茶々が絵を見せ頼んだのがうちの芸術部門の家臣だったため、忠実に再現しようと頑張った結果らしい。

ちなみに漆を施してみると滑りが悪かったため、抜刀術を得意とする俺用には作られなかった。

少し残念だが抜刀が遅くなるのは致命的なので仕方ないだろう。

蝗甲冑は、仮〇ラ〇ダーのことだ。

確かに織田信長のイメージにほど遠い。

「うん、俺のイラスト……絵からあまり勝手に甲冑を作らないでね」

「はぁ」

少し納得出来ない表情を見せた茶々、きっと未来の甲冑で、さぞ守りが強いと思っているのだろう。

だいたい、ダー○○イ○ー卿は日本の甲冑、一説には伊達政宗《だてまさむね》の黒漆五枚胴具足がモチーフにされていると聞いたことがあるので、後先逆？　ちょっと不思議な感じがする。

しかし、これを忠実に再現するうちのお抱え甲冑師は凄《すご》いな。

いつか色々作って貰《もら》おう。

アニメ甲冑コスプレ大会を夢見た。

◇◆◇◆◇

鹿島城港で準備を整えていると、樺太《からふと》から真田幸村《さなだゆきむら》が帰城した。

「とんぼ返りさせて申し訳ない」

「なんの、異国との戦いに私の腕を必要としてくれることが嬉《うれ》しく思い急いで帰ってきました。樺太のことは我が家臣にしっかり頼んできたのでご安心下さい」

そして、織田信長からの援軍は森蘭丸《もりらんまる》、そして大黒弥助《だいこくやすけ》だった。

見送りに来ていた弥美《やみ》と久しぶりに対面した弥助は、

「弥美、元気だったか？」

父親らしく声をかけたが、

「え～父上に心配されるってキモいぃぃぃ」

「元気そうで何よりだ」

罵られているのにそれで良いのか？　弥助。

「それより、常陸《ひたち》様、これよりは家臣と思って下さい」

「よろしく頼む」

大黒弥助が乗る船は屈強な筋肉隆々のこんがりと日焼けしたマッチョマンばかり、異国船に乗せられていた奴隷などが家臣になり乗っていた。

多国籍な様々な人種だったが、よく鍛えているのか、プロレスラーのような大男達《たち》だ。

そんな大男達が家臣になるとは思ってもいなかった。

額から汗が流れる。

うん、その船にはなんか乗りたくない。

身の危険を感じる。

筋肉は裏切らないと、筋トレを強制されそうだ。

森蘭丸はもはや親友と呼べる仲なので軽い挨拶で済ませる。

「共に戦える日がまた来るとは」

「そうか、北条《ほうじょう》攻め以来か。今度の敵は世界、困難な戦いだが蘭丸が一緒なら心強いよ」

「そう言って貰えると嬉しいですね。世界に名を轟《とどろ》かせてみせましょうぞ」

鹿島城港には今までにない戦艦が集まる。

総勢16隻3400名が着陣をした。

1596年8月16日

お盆明けの常陸国の行事、精霊《しょうろう》流しに当たる盆船《ぼんぶね》流しが各地の港で行われる。

それと同じくして港でじゃんがら念仏踊り。

盆船流しと、じゃんがら念仏踊りは茨城県北部地域から福島県磐城《いわき》地域で盛んな行事だが、俺が奨励したおかげで常陸国内全域で盛んになっていた。

そのじゃんがら念仏踊りを最後に、お盆の行事を終えた鹿島城港は出撃の準備を万全に整え、あとは俺が乗船し出航の合図をするだけだった。

栈橋のたもとで茶々《ちゃちゃ》達留守番組に挨拶をする。

「ん？　茶々、暑くないのか？　打掛け？」

茶々は夏だと言うのに着物を多く着ているように見えた。

「軽い夏風邪だと思います。少し寒気が」

「大事にしてくれ、風邪は万病の元だからな。小糸《こいと》、頼むぞ」

「でれすけこそお身体《からだ》をご自愛ください。小滝《こたき》、でれすけの健康管理を頼みましたよ」

「はい、ありとあらゆる物を掛け合わせた特製漢方薬を調合致しました」

何やら不安のあるキーワードが出て俺の背中に悪寒が走った。

また、なんかの金玉入り？　なんだ？　怖いんだけど。

不味《まず》いのはやめてほしい。

「では、今回は長旅になるだろう。あとのことは茶々に任せた。お江《ごう》、しっかり補佐を頼む。皆を常陸国を頼んだぞ。武丸、動物達も大切だが自らを高めるため剣はしっかり学べ」

「はい、父上様。父上様が帰ってきたら手合わせ願います」

「よし、約束しよう。必ず稽古を付けてやる」

別れを惜しみながら俺はChampion of the sea HITACHI号に乗船する。

大太鼓に法螺貝《ほらがい》がけたたましく鳴る。

すると、今か今かと待っていた船は錨《いかり》を上げて帆を張った。

「いざ、出港！　目指すはアメリカ大陸」

軍配を高々と上げ振り下ろし出航の合図をすると、Champion of the sea HITACHI号の大砲から空砲が2発撃たれた。

動き出す船、俺は後ろを振り向かない。

愛する常陸国。また目にするときは帰国の時、そう決めたからだ。

お初《はつ》や小滝、ララは大きく手を振っていた。

陸地が見えなくなるまで。

「お初、茶々の風邪は大丈夫なのか？」

少し気になり聞いてみる。

「真琴様の鈍感、打掛けでお腹《なか》を隠していたのですよ」

「んん？　太った？」

「鈍感も通り過ぎると呆《あき》れるわね、妊娠しているのよ、二人目。出陣する真琴様の心を乱さぬように隠していたのよ。10月には生まれる予定よ」

「ゆっくり二人、袋田《ふくろだ》温泉で過ごした時に出来たのか」

確かに、茶々の妊娠となり産み月が近いとなれば心が乱れ、任せて良いのか？　と思ってしまい、出港を遅らせていたかも知れない。

そんなことがないようにと俺に気を使うできた嫁、茶々。

ありがとう。

俺は俺が求める大義の為《ため》、その心を無駄にしないよう頑張るよ。

艦隊は小笠原《おがさわら》諸島で補給をしながらハワイへと向かった。

8月末だと言うのに「天は我に味方した」と叫びたくなるくらい良天が続いた。

もちろん日本映画不朽の名作の有名シーン「天は我を見放したか！」逆バージョンだ。

凍《い》てつく八甲田山ではなくギラギラと照る太陽に向かって大海原で大きく叫んでみた。

お初達は冷ややかに見ていた。

元ネタを知らないのだから当然だろう。

台風を覚悟した船出だったのだが有り難い。

艦隊先頭の案内は、淡路《あわじ》丸の森蘭丸。

森蘭丸は織田信長と共にハワイまで行っているので航路がわかるそうだ。

父島の補給を最後に数日が経過して、ハワイ諸島が目に見えてきた。

ちなみに、羅針盤、望遠鏡などの航海術に必要なものは全て積んでいるので安心して貰いたい。

独り言だ。気にするな。

ハワイ諸島は織田信長が初の海外渡航で一族長であったプルルンパを軍事支援し、統一されている。

日本国の属国ではあるが、統治権はプルルンパ大王に一任されている。

ちなみに俺の側室ララとリリはプルルンパ大王の娘、プルルンパ大王は俺にとっては義父になる。

そんなハワイ諸島だが、ラナイ島だけは織田信長直轄領として割譲され、島全体が軍事施設として整備されている。

火山岩を切り出し積まれた高さ3メートルはある城壁が島を1周している。

よく造ったと感心する。

青々した海に突如として黒く浮かぶ巨大戦艦のようだ。

その城壁にはいくつもの砲台が設置され、来る者を寄せ付けぬ雰囲気を出していた。

ラナイ島城代・柴田《しばた》勝敏《かつとし》は、織田信長重臣、柴田勝家《かついえ》の養子だ。

織田信長がハワイに来たときから任されているため、柴田勝家・滝川一益《たきがわかずます》の件は知らず、勿論《もちろん》おとがめもなし、城代として守り続けている。

森蘭丸の案内でラナイ島城に寄港し、補給と兵達の休息を取る。

ラナイ島城には高速輸送連絡船・青龍丸が先回りして寄港することは連絡はしてあるので補給はスムーズに出来るが、常陸国鹿島城港出発から3週間が経《た》ち、兵達の疲れが目に見えてわかる。

俺も船に慣れてきているとはいえ、流石《さすが》に体力が消耗した。

「右大臣様、ここで皆を少し休ませ、新鮮な食材で作った食事を取らせたいと思うでした」

「確かにそうだな、脚気《かっけ》や壊血病が恐《こわ》い。少々栄養補給を兼ねて休ませよう。桜子《さくらこ》、梅子《うめこ》、同じく疲れているだろうけど、兵達の食事指導を頼む」

「はい、御主人様」

「一緒に乗っている紅常陸隊の皆様の手を借りれば大丈夫なのです」

紅常陸隊は元はうちの学校の生徒、武術だけでなく様々な知識を学んだ頼れる家臣だ。

「お初、東住《とうずみ》姉妹にその指示を」

「わかったわ」

ここで休まねば目的地に着いた段階で疲弊困憊《こんぱい》、戦闘困難が予想される為、数日休息とした。

「蘭丸、兵達を陸で休ませたい。手配してくれ、出来れば体も綺麗《きれい》にさせたいから温泉があれば案内してやって欲しい」

「先を急がなくて良いのですか？」

「急いだところでどうしようもない。確実に支配圏を拡《ひろ》げて行くためには兵達の力が必要。

疲労が溜《た》まれば船内で病人も出ていざというとき戦えなくなる」

「確かにそうですが」

「蘭丸《らんまる》、この戦は長い戦いとなる。数日休んだからとそうは変わらないさ」

「わかりました。そう言うなら休息といたしましょう」

「小滝、休息の間に兵達の健康診断を頼む。これ以上の船旅に耐えられなそうな者はここに残し静養させ連絡船に乗せ帰らせる。それと皆に新鮮な果実を多く食べさせてくれ、酸っぱいのが良いだろう」

「右大臣様、どうして酸っぱいのなのでした？」

「壊血病と言ってビタミンCが不足して起きる病気があるが、それの予防だ」

長い船旅で起きる深刻な病の一つ、壊血病。

兵糧丸に陳皮《ちんぴ》も練り込まれているし、食事にビタミンC補給としてドライフルーツを多く積んで食べさせているが、それだけでは不十分だ。

やはり生野菜や新鮮な果実が必要。

「はいでした。桜子様、お手をおかしくださいでした」

「桜子、頼んだ」

「はい、御主人様」

栄養補給と体力回復、そして狭い船内で溜まったであろうストレス発散の為に、兵士達

に3日間の休息を命じるとラララが、

「良い機会なので父に会いませんか？　でありんす」

聞いてきた。

「勿論会いたいな。段取ってくれ」

すぐ近くのハワイ島には柴田勝敏のガレオン船で行き来出来るとのこと。

休息中の兵士達《たち》を使わないなら断る理由もない。

ララ・リリリの父となれば義父、そしてハワイを束ねる大王、これからも友好関係を保つのに会っておかねば。

柴田勝敏の配下が出すガレオン船で、お初、ラララと数名の護衛を連れ共に向かった。

ガレオン船から小船に乗り換えてハワイ島の白い砂浜に上陸する。

ハワイといえば、ハワイアン？　ハワ●アンズのフラダンス？

実はある物を期待していた。

ココナッツの実を使ったブラに腰ミノの露出度高い服装、褐色肌の美少女達の歓迎の舞を期待していた。

だが、

「へ？」

驚きの服装に残念しか感じない。

「なぜだ～なぜになぜにアロハシャツがあるんだよ～」

挫折したように俺は跪《ひざまず》き、そして叫んだ。

熱い砂浜を叩《たた》きながら。

綺麗な褐色肌の女の子が2列に並んで歓迎はしてくれるのだが、アロハシャツにフワッと長いパレオ？　腰巻きだ。

俺の大好きな生足が隠れている。

「御主人様、いかがしたでありんすか？」

ラララが、しゃがみながら跪く俺の顔をのぞき込んできた。

「えっとだな、えっとだな、そのこの服は？」

「聞いてみるでありんす」

ラララは聞きに行くと、

「常陸《ひたち》国内で作られた布が交易で入ってきているそうでありんすよ。それに御主人様が描かれた陶器なども入ってきているとかで、そこに描かれた者の服を真似《まね》て作ったそうでありんす」

桑～くわ～うわ～うちの養蚕業のせいか？

それに俺が描いた美少女をモチーフに服を作ってしまうなんて……。

うちの養蚕業と二毛作、麻の増産の成果がこんなとこで現れるってなんでなんだよ。

うちの女子校で作った反物と俺が作らせている萌陶器《もえ》がアロハシャツを生み出すきっかけになるとは。

悔しい、なんか、悔しい。

俺が繊維産業を推奨した結果で俺自身が悲しくなる経験は初めてな気がする。

「ほら、何を悲しんでいるのかわかりませんが立ってください」

お初を見ると、

「お初〜なんてかっこなんだよ」

「え？　暑いですから」

浴衣を帯の所で畳んでミニ丈浴衣になっていた。

大好きだよ。なんで定着しなかったんだよミニ丈浴衣。

なんかひさびさに生足をしみじみ見た気がする。

お初の生足なら側室なのでいくら見ても触っても舐《な》めても犯罪ではなく、触ろうとしたら避けられ、

「人前で足に抱きつこうとしているのよ、馬鹿！」

うりうりと足蹴にされていると、

「あっ、御主人様、父上のプルルンパでありんす」

そこに立っていたのは筋肉隆々のダンディーな銀髪の高●純次だった。

ハワイ、似合いすぎる。

「お~これが我が娘達の夫、娘婿か？　なかなかの面《つら》をしておるではんがな」

流暢《りゅうちょう》過ぎる日本語を話すプルルンパ大王。

「御主人様、これが私の父プルルンパ。父上様、こちらが我が夫、黒坂常陸守真琴《くろさかひたちのかみまこと》様でござりんす」

「はじめまして。右大臣豪州統制大将軍平朝臣《たいらのあそん》黒坂常陸守真琴です」

「なが、ながい~、そんなの覚えられないでんがなまんがな」

誰だよ、日本語を教えたの？

「婿殿、クロちゃんで良いよね？」

「やめて、クロちゃんはやめて、なんか落ち込むからやめて下さい」

「父上様、皆様は常陸様などと呼んでおるでありんすよ」

「なら、ひたっちゃん？」

「軽、なんか凄《すご》い軽い、義理の息子なので名前呼びで良いですから『真琴』と、呼んで下さい」

「そうか？　なら、我が娘婿、真琴よ、よ~く来た、歓迎しまっせ~あろ~は~」

くぅ~外見はダンディーオヤジなのに誰が変な関西弁を教えたんだよ。

日本語教える人はちょっと人選が必要な気がする。

『日本語教師検定試験』を考えないと。

ラララとリリリ、当初の日本語のひどさを思い出す。

ラララなんてなぜか進化して花魁《おいらん》語だし。

「日本語、上手《うま》いですね？」

「なんせ、商売で大坂商人とやりとりしまっけんな～この布もそれで買ったんやでまんがな」

なるほど、商人とのやりとりで覚えてしまったのか、仕方がないな。

大坂には織田《おだ》信長《のぶなが》の海外への拠点があるので貿易の要になっている。

うちの出入り商人、今井《いまい》宗久《そうきゅう》も代替わりし2代目今井宗久になったが、店はどんどん繁盛するばかりだ。

うちで作った反物や陶器を海外に輸出して儲《もう》かっている。

まぁ、店だけが大きくなるわけではなく税として幕府や、うちの財源として潤してくれているので文句はない。

「ほな、飯でも食いまっか～」

明石●さ●まさんですか？　べたすぎる関西弁と日焼けしたカッコいいダンディー紳士がミスマッチ過ぎてなんか馴染《なじ》めない。

案内された高床式の風通しの良い住居で料理のもてなしを受けた。

本場のバナナの葉で巻いて蒸した料理は美味《うま》い。

味は塩が基本なのだが、バナナの葉の香りが付いて味になっている。

「あっ、美味《おい》しい。蓮《はす》の葉蒸しとはまた違った風味が良いわね」

お初《はつ》も喜んで食べている。

飲み物にはココナッツのジュース。

ココナッツは若さを保つためには良いのだぞと、お初達に教えるとやたら飲んでいるが、ん？　ココナッツの中身の液体より白い果肉部分から作る？　搾るオイルが体に良いのではなかったかな？　自分自身のあやふやな知識が残念だ。

「お初、確かその中身の白い部分が良いんだよ」

お初に教えると、グリグリと笄《こうがい》で取ろうとしていた。

「食事の後割って中身取り出して搾ってみたら？」

「あら、私としたことがはしたないことをしてしまいましたわね」

「木の実くらいいくらでもあげますがな。それより、真琴、東の大陸を目指すんでっか？」

ハワイから見ればアメリカ大陸は東になる。

「はい、東の大陸のスペイン・ポルトガルの拠点を攻め込むつもり。東の大陸で虐げられ滅びの道を歩もうとしている者達を助けたいと」

史実では伊達《だて》政宗《まさむね》が送ったことで有名な慶長遣欧使節団は、太平洋横断メキシコ経由ルート。

この時間線もそれと同じく中南米がスペイン・ポルトガルに支配されている。

俺たちの艦隊はそこの攻撃を目指している。

「ほな、良き者がおりまんがな、おい、ファナはおらんか？　誰かファナを呼んできてくれへんか？」

しばらくすると、

「ハイ　ボクですか？　ナンデスカ？　ナンなんですか？　ようですか？　ひつようですか？」

そこに現れたのは20代前半くらいで背は170センチくらいの髪の短い青年？　色黒ではあるが、日本人系統に近い顔立ちで親近感が湧く。

青いアロハシャツが良く似合い、白い歯がまるでハワイの砂浜のようで眩《まぶ》しい。

関西方面に聖地がある、劇団の男役王子様のようだ。

「真琴、この者は海流で流されてきたファナ・ピルコワコ、東の大陸に連れて帰ってやってくれまっか？」

「えぇ、別に構いませんし、むしろ歓迎しますよ。現地の言葉を教えてくれますか？」

「ボク　かえれるの？　ソノくらいのこと　モチロン　しますよ？　つれていってくれるの？」

「利害が一致したね、うちの船に歓迎するよ。よろしく頼む」

「ハイ」

キラキラした笑顔がハワイの日差しのせいかやたら眩しく見えた。

ハワイ島で思わぬ拾いもの。

アメリカ大陸の言葉がわかる者が仲間になるとは有り難い。

ただ、ファナ・ピルコワコと言う名が少し気になる。

どこかで聞いたような？　なにかで読んだような……、もう少しで出て来そうなのになぁ、喉の奥に魚の骨が刺さったように中々出てこない。

「真琴様、そんなに何考えているのですか？　綺麗《きれい》な青年だからと衆道に目覚めたとか！」

「お初！　それは絶対にないから！　あぁ～なんか思い出しかけていたのに。大切ななにか……」

「思い出せないようなことが大切な訳ありませんわよ」

「いやいやいやいや、なんかもの凄～い大切な」

「だったらそのうち思い出しますわよ」

しばらく考えていたが、その日のうちに答えは出なかった。

俺達は1泊、ハワイ島でプルルンパ大王のもてなしを受けた。

夜の宴《うたげ》で披露されたのは期待していたハワイアンダンスではなく、屈強な筋肉隆々の男達によるファイヤーダンスだった。

なんで、美少女のハワイアンダンスは見れないんだよ。

涙していると、

「御主人様、煙が目に染みるでありんすか？」

「うん、ララ、うん、そんな所だよ」

お初が気が付いているみたいで険しい視線を送ってきたので正直には言わないで我慢した。


次の日にはラナイ島城に戻った。

◇◆◇◆◇

束《つか》の間《ま》の休息を終え再び艦隊を東へと進めだす。

「スゴイ　フネ……」

大きさに驚愕《きょうがく》を見せていたファナ・ピルコワコは俺の船で客人扱いだが、教師として南アメリカ大陸の言葉、インカ言葉を教えている。

もちろん俺も習う。

そんな航海が再開され数日が経《た》ったある日、波が段々と荒くなり、風も強くなる。

空は晴天から白い雲空に変わり出したと思ったら、黒々した雲に変わり雨が降り出す。

雨は小雨から大雨、盥《たらい》をひっくり返したようなどしゃぶりになり、突風に雷鳴が轟《とどろ》く。

船は大きく揺れ船内に海水が入るほどだ。

俺は畳にあぐらで座っていると起き上がりこぼしのように左へ右へと激しく揺れ出す。

「荷物の固定を再度確認しろ、甲板で作業する者は命綱だ。海に投げ出されるなよ。嵐などと言う物は数時間たてば過ぎ去る。皆とにかく身の安全を優先してくれ」

兵士達《たち》に指示を出す。

積み荷などが暴れ、俺も身の固定が厳しくなる前に甲冑《かっちゅう》を着用する。

白銀に輝く、鹿島大明神愛闇幡型甲冑。

ヤクの白い毛は風に大きく靡《なび》く。

柱や壁にぶつかっても多少なら怪我《けが》が防げる。

兵士達にも最低限頭を守るのに兜《かぶと》だけは被《かぶ》れと指示を出す。

お初達は女の子であっても武術の修練をしているため、キャーキャー騒いだりはしない。

お初とララはむしろ兵士達に指図をし、小滝《こたき》は怪我した者など手当てをしていた。

小滝は子種欲しさに漢方調薬に目覚めたあと、医師から学ぶようになり、医学的知識を持つようになっている。

桜子《さくらこ》と梅子《うめこ》はそれを手伝っていた。

心強い俺の嫁達。

ハワイ島を過ぎてからの嵐だから台風ではなくハリケーンになるのかな？

嵐の激しさは頂点に達すると、流石《さすが》に兵士達の中でも弱音を吐く者が現れる。

「もうだめだ」

「海の藻屑《もくず》になるんだ」

「鮫《さめ》の餌になりたくない」

などとの声が聞こえる。

「祓《はら》いたまへ清めたまへ守りたまへ幸与えたまへ、マヤの神フラカンよ、我はマヤの民を思いし者、滅びゆくマヤ人を守りたくば我に力を貸し与えたまへ」

マストの一番高いところに登り縄で体を縛り付けて大声で唱える。

「真琴様、ちょっと危ないからやめなさいよ」

下からお初が叫んでいたが、俺は続けた。

兵達を鼓舞するために。

するど、

『もう仕方ないですわね。私がフラカンに伝えてあげますわよ。貴方《あなた》の妻が律儀にも毎日笠間《かさま》の神前にいなり寿司《ずし》を届けてくれるお礼です』

「えっ？　宇迦之御霊神《うかのみたまのかみ》？」

『ふふふふっ　そうですわよ　さてさてフラカンは……』

一瞬、笑い声が耳元に聞こえた。

陰陽道ではない、俺には流石に天気を左右させるまでの力はない。

ただただ祈っている。

ハリケーンの語源はマヤ神話の創造神の一柱であるフラカンに由来するとされる。

届くなどとは思っていない。

完全に兵士達へのアピール。

陰陽師で有名な俺がこうやってパフォーマンスをすれば兵士達の士気は上がると考えたからだ。

俺が祈りを捧《ささ》げ出せば、嵐が収まると信じている者もいるだろうと。

『異国の神使い勇気ある若者よ、我が住まう地、我が子達が住まう地に平和を取り戻してくれ』

「えっ？」

横殴りの雨、そして大波の音に交じって何かが聞こえたような気がした。

兵士達を見ると、

「我らの大殿様のお姿を見よ、助かるに違いないわ。皆、持ちこたえようではないか」

兵士達を纏《まと》めている東住《とうずみ》姉妹が、諦め、くじけそうになる者達に声をかけていた。

希望を持つか持たないかは窮地の時には重要だ。

生きる希望さえ失わなければ、波風と格闘しようと力の限り働くが、希望を失った者は楽に死のうと考える。

その違いが窮地の時、運命を左右させる。

約3時間、嵐と格闘すると一気に雲は抜け、青空が見えてきた。

波も風も落ち着きだしてくる。

俺はマストから降りるとお初に、

「無謀なことをして、真琴《まこと》様になにかあったらお終《しま》いなのですからね」

「お終いって……」

恐《こわ》い顔で言われながら強く抱きしめられる。

被害を確認するが艦隊は幸い沈没はなし、消えた戦艦もなく、帆に多少の被害が見受けられる程度、兵士達も打ち身などの怪我人が出た程度と情報がはいる。

被害の確認を終えた頃、背中のほうから声が聞こえた。

「ピラコチャ?」

ファナ・ピルコワコの一言だった。

◇◆◇◆◇

2012年12月23日、世界は第5の裁きを受ける日。

マヤ文明の暦が終わる日。

ノストラダムスの大予言に次いで、有名な世界終末予言。

マヤの伝承では世界は今までに4回滅びていて今は第5の世界なのだが、その第5の世界も終わりが予言されている。

俺は話題になったとあるシリーズ本の大ファンで多少なりとも古代史や伝承の知識がある。

まぁ、あの『ふしぎ発見!』で、特集されたから興味を持ったのだが、結局世界は終わらなかった。

いや、終わりは俺がいた未来では始まっていたのかも知れない。

度重なる地震、津波、嵐、世界で極端に起きる熱波に包まれる夏や、極寒の冬。

新しい流行病に蝗害《こうがい》、食糧難。

そして民間人を狙った無差別航空機多発自爆テロ、大国の独裁者が握る世界を滅ぼすほど数を持っている核兵器のボタン。

いつ人類が滅びてもおかしくない時代だった。

それらの始まりを予言していたら……。

だったら俺が変えられるのでは？

まさかな……。


その予言・伝承とされる古代の物語に登場する神『ピラコチャ』とは、中南米に文化をもたらした最初の8人の親とされる神。

日本の神で喩《たと》えるなら、伊弉諾《いざなぎ》・伊弉冉《いざなみ》のような存在だろうか。

ピラコチャの外見は白い肌、髪は白く、目は青いと伝承されている。

水、嵐を操る神。

新甲冑・鹿島大明神愛闇幡型甲冑を着た俺の姿は？

『白銀の甲冑、武田信玄《たけだしんげん》の諏訪法性《すわほっしょうのかぶと》　兜、石田三成《いしだみつなり》の乱髪天衝脇立兜《らんぱつてんつきわきだてかぶと》のように兜にはヤクの白い毛がフサフサとあしらわれ、前立てには武甕槌《たけみかづちのおおかみ》　大神を具現化したような金の人面で、目にはオーストラリアから仕入れているオパールが使われている。目に使われたオパールは青黒く光り輝き全ての物を睨《にら》みつけているようだ』

そう、何かを連想させると思ったら、あの本に出ていたピラコチャと言う神様の姿を想像出来たんだ。

そして見ようによっては俺が神に祈り、嵐を静めたかのようにも見える。

ただ単にハリケーンは通り過ぎただけなのに。

ファナ・ピルコワコは、恐れ驚きと戸惑いと複雑の表情で、

「ホンモノの　ピラコチャ　ここにいた　イスパニア　シンリャクシャ　ニセモノ」

そう言いながら、俺の前に跪《ひざまず》き両手を高々とあげてから甲板に付ける動作を何度もした。

拝み出されてしまった。

でも、ピラコチャって再びマヤに現れる時は滅亡をもたらすと予言されていたから、イスパニア人の侵略者フランシスコ・ピサロが勘違いされ伝承をたくみに利用してインカを滅ぼしたのではなかったかな？

今更、ピラコチャ？

なんなのだ？

兎《と》に角《かく》、拝んでいるのをやめさせた。

「ファナ・ピルコワコ、君は何を知っている？」

「ボクは　インカ帝国の皇帝トゥパク・アマルの　子」

それを聞いて俺はファナ・ピルコワコと船尾にある小さな日本式城の天守型艦橋3階で、二人っきりで話をすることにした。

家臣でもない異国人のファナ・ピルコワコが跪き神をも奉《まつ》るかのように祈る姿は流石に俺の家臣しかいない船の中でも異常な行動だ。

なんとか、立たせ天守最上階に連れて行く。

下の階にはお初《はつ》達や佐助《さすけ》など側近中の側近だけとして話し声が漏れ出て聞かれても問題ない状態にする。

改めてファナ・ピルコワコが素性と、なぜにハワイ島にいたのかを聞き出した。

話の内容はこうだった。

イスパニア人、フランシスコ・ピサロの弾圧が厳しくなりインカ帝国皇帝トゥパク・アマルが捕まる時にファナ・ピルコワコは家臣達数名に葦《あし》で作られたカヌーに乗せられ、無理やり太平洋に押し出されてしまったとのこと。

希望を大海原に託したわけか。

インカ帝国最後の皇帝トゥパク・アマルの子、ファナ・ピルコワコ。

「詳しくは言えないがピラコチャ？　ビラコチャ？　の、伝承は実は知っているが、俺はそのような者ではないぞ。第一、ピラコチャの外見はイスパニア人ではないか？」

ピラコチャと言う神が再びインカ帝国に降臨するとき、それはインカ帝国最後を意味する。

そんな伝承？　予言だったはず。

「そのヨゲンにはつづき　アリます　オウケにダケ伝わるヨゲン　ハジメにアラワレルニセモノのあとに　真なるピラコチャ　アラワレル　第6のジダイ　モエにみちびく　ピラコチャ」

「はい？」

「第6のジダイ　モエのハンエイをみちびく　ピラコチャが　アラワレル　そのモエのジダイが　ドノヨウナ　ジダイ　ブンカ　チエ　ワカラナイ　だけど　アラタナル　ジダイくる」

大丈夫なのか？　モエ？　萌《もえ》の時代って。

額から汗が吹き出る。

「インカの　キボウ　ニセモノピラコチャ　ピサロ　コロすために　チカラ　かして　クダサイ　ダイショウ　ボクがあげられるのすべて　イノチ　カラダ　キン　ギン」

「命を捧げるとか言うのは兎に角やめて、うちはそういうの禁止してるから。確かインカとかマヤとかって、ピラミッドの上で神に捧げるとか言って首を斬ったり、心臓を取り出したりするよね？　それは本当にやめてね。俺は全く嬉《うれ》しくないからね」

「では　一生涯　ヒタチさまに　ツカエマス」

「いや、元々イスパニアとは戦い、フランシスコ・ピサロを倒すのがこの遠征の目的、インカの地からイスパニアを追い出せたなら、港もしくは半島などの幾ばくか土地の割譲と交易の約束、そして同盟が結べればそれで良いのだが」

「そのようなコト　ヨければ　できます　ヤクソク　ドウカ　おチカラを」

「なら、インカ帝国復権の為《ため》の同盟を結ぼう」

　この太平洋横断ルートに決めたときから、ずっと中南米からスペイン・ポルトガル人を追い出したあとのことを考えていた。

　完全支配をするか、新たな王朝などを作らせて復興の手助けをするか、そのどちらにしても大義名分が必要だった。

　王家の子孫を探すなど考えていた。

　大義名分無き統治はスペイン・ポルトガル人と同じ侵略者でしかない。

　侵略者、それは俺の望む道ではない。

　俺は大義名分、錦の御旗《みはた》を手に入れたかったが、今、目の前にいる。

　ファナ・ピルコワコをインカ帝国復興の旗頭とする大義名分が出来る。

　素性を知って数日、船は南アメリカ大陸を目指して進み続けた。

「桜子《さくらこ》、梅子《うめこ》、これ揺れる船内で悪いのだけど、旗を縫って欲しいんだ」

「旗ですか？　私達《たち》、どんなところでも縫い物は出来るので大丈夫ですよ。どれどれ今回はどんな美少女かな？？？　ん？　あれあれあれあれ？　御主人様、美少女がいませんよ？」

「はははははっ、そりゃいないさ。だけど大切な旗だから忠実にお願いね」

◇◆◇◆◇

「織田信雄《おだのぶかつ》様弔いの合戦だけではない。我々はインカ帝国の復興を手助けするため、南アメリカ大陸に攻め込む。前皇帝トゥパク・アマルの子、ファナ・ピルコワコはこの船にあり！　我々は侵略者ではない、イスパニアからの解放軍ぞ！　大義は我に有り！　侵略者、イスパニアに正義の鉄槌《てっつい》をくだしてくれよう」

南アメリカ大陸に近づく艦隊をちょうどあった小さな小さな砂浜だけの無人島に停泊させ、俺は全兵に宣言をする。

「常陸《ひたち》様、それはいったいどういうことで？」

森蘭丸《もりらんまる》が戸惑いを見せた。

「ハワイで乗せた通訳にと思った者が、インカ帝国最後の皇帝の忘れ形見だった」

「な、なんと、そのような者が仲間になるとは常陸様は人脈の幸運に恵まれていますな」

「はははは、神仏を敬っているおかげかな?」

笑っていると、

「女を仲間にするのは長《た》けていますけどね。今回は珍しく男ですね」

お初が笑いながら冗談にならない冗談を言って皆が笑っていた。

まぁ、認めよう。

女性ホイホイ来る者は拒まずだ。

「お初の方様、御言葉《おことば》ですがそれがしも常陸右府様に惚《ほ》れております」

「あら、なら伊達《だて》様は真琴《まこと》様に抱かれたいと?」

「是非に及ばずでございます。いつでもそれがしの尻は念入りに清めております」

「そこ! 衆道の話禁止! 俺はその趣味はないから。政宗《まさむね》殿の気持ちは受け取ったから尻は良いからね! はぁ~びっくりした」

真田《さなだ》幸村《ゆきむら》も弥助《やすけ》もそのやり取りを黙って動じず見ていた。

止めてくれ幸村よ。

ちゃんと男だって俺に都合の良いように仲間、家臣になっている。

まぁ、そこは掘り下げないでおこう。

「改めて真面目に。皆の者、この旗はインカ帝国皇帝の紋章だ。この旗を掲げ我々はこのインカ帝国最後の皇帝トゥパク・アマルの御子息ファナ・ピルコワコ公と共にイスパニアを討つぞ、いざ目指すはペルー、出陣！」

号令をすると、

「「「「おーーーーーーーー！」」」」

一斉に気合いの入った兵士達の叫びが大気をふるえさせる中、ファナ・ピルコワコが後ろでプルプルと震えていた。

ん？　感動でもしているのかな？

「あの　ボク　ゴシソク　デはナイデス」

盛り上がっていた皆が一斉に静まってしまった。

あれ？　大義名分にならなくないか？　ん？

「え？　だって皇帝トゥパク・アマルの子って言ったのに違うの？　あっ、御子息って言葉がわからないのか？　息子って意味だよ」

俺が言い直すとファナ・ピルコワコはアロハシャツの裾を掴《つか》み出しモジモジとし始めて顔を真っ赤にしながら涙目。

注目の視線は集まる。

「あ！　まさか、あなた、なのでありんすね？」

ララララがいきなりファナ・ピルコワコの股間を右手で鷲掴《わしづか》みにした。

「え？　えっええ〜〜ララなにやってんの！」

ララの突拍子もない行動に驚くなか、ファナ・ピルコワコは顔を赤らめて、

「ないでありんすよ、御主人様」

「ボク　オンナです　トゥパク・アマルの娘デス」

「えっ！　女の子だったの？　ぬぉ〜、僕っ娘《こ》だったのかよ！　くあ〜新たな萌《も》え枠仲間入りしてたのか！」

いや、関西の有名劇団に入学するようなきりりとした顔立ちの子だなとは思っていた。

そして、残念なことに海風と潮の匂いで俺の臭気センサーが働かなかった。

トゥルックの時のように匂いで女の子だと気が付けなかった。

まさかの女の子だったなんて。

いくら古代史が好きでインカ帝国の終焉《しゅうえん》に興味があっても、その子供が男か女かまでは覚えていない。

歴史の表舞台に出て来たような人物でなければ性別などわからない。

あの公共放送の大●ドラマ主人公ですら、実は男だったと文献が見つかった事例だってある。

日本の歴史上の人物だって性別を間違うことだってある。

「常陸様、姫君でも皇帝の御子《みこ》ならなんの問題もありません」

冷静沈着な森蘭丸に対してお初は、

「あ〜あ、またですか？」

大きなため息を吐《つ》きながらあきれ顔を見せる。

「いや、手出してないし側室にしようなんて思ってないし、だいたい男だと思っていたんだから」

「わかっていますよ」

「わかってくれるか？」

「わかってますよ。そうやって皆、真琴様に関わる女は惚れていくんですから」

「うっ」

ぐうの音も出ない。

そのやり取りすら冷静に見ていた森蘭丸。

「常陸様、もう一度兵士達に一言」

「前皇帝トゥパク・アマルの姫君を御頭《おかしら》に南アメリカを略取するイスパニアを討つぞ、いざ、出陣」

「「「「おーーーーーーーー！」」」」

織田信長《のぶなが》が足利義昭《あしかがよしあき》を大義名分として京都に上った歴史を繰り返しているようだ。

「常陸様は上様に似てきてますね」

森蘭丸はなぜか嬉しそうにそう呟《つぶや》いていた。

◇◆◇◆◇

「真琴様、姉上様から命じられていることがあります」

「ん？　なに、お初《はつ》」

「今回の大戦、異国の地を巡るでしょう。そんな中出会う女子達は当然多い。ですから側室の許可は私が見極めて出すことが許されております。良いですか、勝手に手を付けないで下さい。側室にしたいなら正直に申して下さい。異国の権力者の娘などが人質として真琴様に差し出されることもあるだろうからと姉上様から仰せつかっております。それに真琴様は異国の女子をよく描いておりますから好みの女子を見つけられることもあるでしょう。そういうときは正直に申して下さい。私が見極めて許可します。意地悪して適している女子でも許さないなんて曲がったことはしませんから。良いですね？　約束、破ったらもぎりますよ」

そう言って、ポキッと音を立ててまだ硬い熟す前の青いバナナを折って見せた。

これは完全に脅しだろ、背筋が凍り付いた。

「お願いだから折らないで」

「ファナ、綺麗《きれい》な顔立ちですものねぇ～」

渋みが残るであろう硬いバナナをガリッと音を立てて噛《か》みちぎるお初の目は、俺の股間を見ていた。

「だから、側室にするなんて思ってないから」

「どうだか？」

お初は冷ややかな視線で俺の股間を見つめ続け、バリバリと硬いバナナを食べ脅してきた。

本当に本当に凄《すご》く恐《こわ》かった。

ファナ・ピルコワコとの出会いがこれから先の戦いを大きく左右し、そして世界史を全く違った物に変えることとなるなんて……。

「まぁ〜可愛《かわい》い、でもこれは鳥なのかしら？」

「なにをしておる、松《まつ》？」

「何やら鶉《うずら》に似た鳥を見つけ捕まえたのですが飛べないようで、怪我《けが》でも？　ん？　翼その物がほとんどない？」

「ふむふむ、常陸様からこの島のことが記された書物を渡されているが、どうやら『キウイ』と常陸様は呼ぶ鳥のようだ。なんでも果実にそれに似ている物があるらしく、見つけたら苗を送って欲しいと書いてある。なぜ知っているのか不思議でならぬ書物だがな。占いをしながら書いたのか？」

「私が理由を知っていますからそれで良いではないですか。その書物は肌身離さず持っていて下さいね。もし敵の手に渡るようなことあれば、私が利家《としいえ》様の遺体とともに油をかけて焼いてから自害しますので」

「松は儂《わし》より後に死ぬのか？」

「惚れた男の最期を看取《みと》る妻、それが良く出来た妻というものです。それより、この島？島と言うには大きな土地ですが、ここを支配する算段は付いたのですか？」

「砦《とりで》が多いからな。時間を費やすだろう。そのことはこの書物には記されていなかったな」

ニュージーランドは先住民マオリの部族間争いがあり、6000を超える柵と土塁の城が築かれた島だった。

そのことに黒坂《くろさか》真琴が触れていないのは単にニュージーランドの歴史には疎かったからだ。

「時間を費やすと羽柴《はしば》様に負けてしまいます」

「しかしだな松、無理に攻め立てるとこちらの被害が大きい。火薬や弾を計算すると……」

算盤《そろばん》を弾《はじ》き始めた利家の手を松は止めた。

「良いですか、内陸の土地は後回しでです。船からの砲撃こそが新しき戦いのはず。それで何カ所か入り江を手に入れ堅牢《けんろう》な砦を築きましょう。さすれば取り戻そうと民が来るでしょう。そこを鉄砲で迎え撃ちます」

「皆殺しは好かん」

「ええ、私だって嫌ですわよ。それに常陸《ひたち》様にそれを知られると不興を買います。ですので、脅し道具です。幾日かそれを続けて、シドニーから連れてきたオーストラリア大陸の民に説得して貰《もら》うのです。日本国へ入らないかと。勿論《もちろん》、常陸様の政策の自治権は先住民に与える約束をしてです。私達《たち》は港の割譲と交易・補給の約束を致せば良いのです」

「それではここを取ったことにはならんではないか？」

「いえ、ここからが勝負時、私達が交易の約条を結んだ者だけに武器を与えたらどうなります？　見たところ、あまり武器は発達していない様子」

「ん？」

「刀や槍《やり》、弓矢を与えるくらいで力の均衡が崩れ、今の部族間争いが激しくなるでしょう。そこを利用すれば」

「なるほど、力を持った部族と有利な約条を結んで手助けすれば良いのだな？　しかも刀や弓矢なら味方には最早《もはや》脅威にならぬ武器」

「上様はそうやって、ハワイを統一されたと常陸様の側室、ラララ・リリリさん達から聞きましたわよ」

「はぁ～本当に常陸様と昵懇《じっこん》で良かったわい。上様は最近忙しくて中々話を聞いていられないから異国攻めをどうしているのか知らなかったからな。よし、それを早速始めるか」

こうして前田《まえだ》利家は、部族間争いを利用して、先住民のとある部族がニュージーランドの統一をすることに手を貸し、日本国の一大名として組み入れることに成功した。

後にニュージーランド藩となる。

その戦いの裏で、松が萌《もえ》陶器や漆器、友禅を先住民に与え浸食していったことは後に、加賀《かが》前田藩の萌え文化を躍進させるきっかけとなる。

「松、身の丈30尺は軽くある鳥を捕まえたぞ」

「そんな大きな鳥って、うわ〜なんですかこれは？　食べたら何人分の唐揚げが出来ましょうか？　今夜にでも家臣達を労《ねぎら》うのに」

「待て待て、常陸様の書物では……モアと呼ぶらしい、ん？　もし見つけたら保護して増やすようにと書いてあるぞ」

「増やしてから食べるのですか？」

「絶滅危惧種と書いてある。絶滅の危惧をする鳥？」

「あぁ、常陸様の未来ではいない鳥なのですね」

松は心の中で呟き、

「常陸様がそう言うなら、保護いたさねばなりません。家臣にそのように申しつけて」

黒坂真琴《まこと》の知る21世紀には絶滅して見られなくなっていた『恐鳥』と言われるダチョウ目モア科モアは、先住民の乱獲と森林減少で15世紀に急激に数を減らした鳥だったが絶滅寸前で保護され、この後、再びニュージーランドで多く生息する鳥になる。

それはこの未来線で、ニュージーランドの主要輸出品となるくらいに。

「あなた様、前田様より早くタスマニアなる島を落とさねばなりませんよ」

「なにを焦っているだ、ねね」

「そりゃ〜焦りますとも。あちらは常陸右府様と昵懇のおかげで今回の大役を取ったのでございましょ？　羽柴家は今までの戦の実力でこの大役に」

「ん？　それはちがだみゃ、おらも常陸様の推薦でこの異国を支配する大役を任されたと上様から聞かされただみゃ」

「あら、そうなのですか？　私は残念ながら、常陸右府様にお目通りしていないので、どのような方なのか知らないのですが秀吉《ひでよし》様を疎んじられている訳ではないのですね？」

「だから、あの秘伝の薬をわけてくれているだがよ」

「ふんっ、私を抱く時なんて飲んでないくせに」

「……そんなことより、この島は夜になると凄い鳴き声が聞こえるな、佐吉《さきち》、これはなんだみゃ」

　タスマニア島に上陸を果たした羽柴秀吉は、砦で謎の鳴き声を聞いていた。

「常陸右府様が注意書きをくれたのですが、『タスマニアデビル』と書いてあるのがそれかと。夜行動する小熊のような姿の生き物で腹に袋を持っているとの……悪魔のような鳴き声を発すると書いてあります」

「悪魔？　妖怪が棲《す》む島なのですか？　常陸右府様に、やはりはめられた？」

「落ち着けだがや、ねね」

「お方様、常陸右府様は何匹か捕まえてくれとも書いています。飼いたいと。ですので鳴き声を形容しただけで悪魔ではないかと」

「いいえ、きっと羽柴家を呪おうとしているのです。私は先にメルボルンの城に帰らせていただきます。はぁ〜付いてこなければ良かった」

そう言い残して羽柴秀吉の妻ねねは、すごすごとメルボルンの福島正則《ふくしままさのり》によって建設中の城に帰って行った。

「はぁ〜佐吉、ねねは常陸様とは馬が合いそうもないだみゃ」

「はい、残念ながら、前田の松様のように新しいことを楽しむ余裕がないのかと」

「仕方ないだがや。それもこれも子が出来なかったせいだみゃ。あの精力剤飲んで激しくねねを抱いて今、子をつくってみぃ、ねねがもたんだがや。ねねには悪いが……さて、今宵《こよい》はもう寝て明日から酒持って挨拶行脚だみゃ」

「はっ」

羽柴秀吉はメルボルンから連れてきたアボリジニと共に、タスマニア島に住む先住民相手に属国勧誘行脚を行い、血を流すことなく島を日本国に組み入れることに成功した。

その陰で、萌《も》え美少女が描かれた酒瓶と黒坂家特製精力剤が大きく貢献したのは後の世に語り継がれることになる。

◇◆◇◆◇

《ファナ・ピルコワコとラララと桜子《さくらこ》》

「ほうほう、インカの言葉はそう言うのでありんすな」

「そうでアリンスヨ」

「わ～だめ、ラララさんの語尾は真似《まね》ちゃ駄目ですよ」

「サクラさま　なぜですか？」

「ラララさんの言葉は特別なの、日本でその言葉で話している人はラララさんの生徒や回りにいる人くらいなんだから、妹のリリリさんですらその言葉ではないんだから」

桜子は真琴にこれ以上花魁《おいらん》言葉が広まらないよう目を光らせているよう頼まれていた。

「大体なんでラララちゃんはその言葉なの？」

「だって習って覚えだ言葉津軽の言葉で、安土《あづち》さ行ったっきゃ通ずねで、一生懸命、元遊女だった下働ぎの姉っちゃから習った言葉がこぃだっんだ。すたっきゃ御主人様は遊女言葉さ気さ入っちゃーみだいで、日本語はこぃで話さねど津軽言葉になるんだ。リリリは常陸山奥出身の人が付いていたんだ」

文字にすると通じる言葉だったがイントネーションもネイティブ津軽な言葉を桜子は聞き取れなかった。

「……ごめんなさい。全然わからなかった」

「そうでありんすよね？　ですから御主人様が花魁語と呼ばれる遊女言葉でありんすよ。ほら、茨城城に残してきた私の側《そば》で仕えている青紫が元遊女でありんす。夜伽《よとぎ》の極意も教えて貰ったでありんすよ」

「そうだったのね。だけど異国の言葉は一度耳にしたらすぐに話せるようになるって不思議な力ね」

「日本語が難しいでありんすよ」

「そうかしら？　私からしたらハワイやインカの言葉の方が難しいけど……御主人様の為《ため》に覚えなきゃ。ファナ先生、続きをよろしくお願いします」

「ヨトギ　ゴクイ？　ソレ　なんですか？」

「お姫様が知らなくて良いことよ。ラララさんもそれについてはファナさんに教えないこと、良いですね」

「はいでありんす」

船の中でインカ語教室は続けられ、多くの者が日常会話なら問題ないよう習得していった。

あとがき

『本能寺から始める信長《のぶなが》との天下統一8』を手に取っていただいた皆様ありがとうございます。

こんなに書籍版が続くなんて思っていませんでした。

皆様が支えてくれているおかげです。

本当にありがとうございます。

そのおかげでいよいよ私個人的に大好きで書きたかった中南米大陸編に突入します。

中南米古代史大好きです。

この物語に登場するインカ帝国最後の皇帝の子孫『ファナ・ピルコワコ』は、真偽不明の人物です。

戦国時代ifファンタジー、いや、ここからは大航海時代ifファンタジーとして、架空の登場人物など楽しんでいただければと思います。

WEB版連載時、時々人物設定まとめを書いていました。

読者の皆様がわかりやすく、そして、私自身間違わないようにと。

そこで登場人物も増えてきたので、今後もこの物語を楽しんでいただけるよう現状の年齢と役職を簡単にまとめさせていただきます。

【注】１５９３年登場人物設定です。
　　　この物語は正月で一歳追加してます。

◇◆主人公◇◆
・黒坂　真琴
　１９？？年11月29日　生まれ　　　　２８歳
　外見・身長１７７センチ　８０キロ
　従二位右大臣・豪州統制大将軍・常陸守

◇◆陰の主人公◇◆
・織田　信長
　１５３４年5月１２日　生まれ　　　　５９歳
　正一位太政大臣

◇◆ヒロイン◇◆
・茶々
　１５６９年？月？日　生まれ　　　　２４歳
　従三位中納言・常陸介

・お初
　１５７０年？月？日　生まれ　　　　２３歳
　従五位下少納言

・お江
　１５７３年？月？日　生まれ　　　　２０歳

・桜子
　１５６７年？月？日　生まれ　　　　２６歳

・梅子
　１５６８年？月？日　生まれ　　　　２５歳

・桃子
１５７０年？月？日　生まれ　　　　　２３歳

・小糸
１５７２年？月？日　生まれ　　　　　２１歳

・小滝
１５７３年？月？日　生まれ　　　　　２０歳

・ラララ
１５７４年？月？日　生まれ　　　　　１９歳
ハワイ・プルルンパ大王の娘（リリリと双子）

・リリリ
１５７４年？月？日　生まれ　　　　　１９歳

・鶴美
１５７５年？月？日　生まれ　　　　　１８歳
北条氏規の娘

・トゥルック
１５７５年？月？日　生まれ　　　　　１８歳
樺太・アイヌ民の族長の娘
樺太観察奉行を真琴から命じられたことで母親から正七位下樺太軍監を譲られた

・千世
１５８０年6月１８日　生まれ　　　　１３歳
前田利家の娘

・与祢
１５８０年？月？日　生まれ　　　　　１３歳

山内一豊の娘

・弥美
１５７９年？月？日　生まれ　　　　　　１４歳
大黒弥助の娘

◇◆黒坂真琴の子・六男・七女◆◇
・長男・武丸（母・茶々）
１５８９年8月２２日　生まれ　　　　　4歳

・長女・彩華（母・お初）
１５８９年9月1日　生まれ　　　　　4歳

・次女・仁保（母・桜子）
１５８９年9月1日　生まれ　　　　　4歳

・三女・那岐（母・梅子）
１５９０年6月２２日　生まれ　　　　　3歳

・四女・那美（母・梅子）
１５９０年6月２２日　生まれ　　　　　3歳

・次男・男利王（母・トゥルック）
１５９１年8月8日　生まれ　　　　　2歳

・三男・北斗（母・桃子）
１５９１年9月１０日　生まれ　　　　　2歳

・四男・経津丸（母・お江）
１５９２年１2月２４日　生まれ　　　　　1歳

・五男・久那丸《くなまる》（母・小糸）

１５９２年１２月２４日　生まれ　　　１歳

・五女・八千（母・小滝）
１５９２年１２月２４日　生まれ　　　１歳

・六女・カーネ（母・ラララ）
１５９２年１２月２４日　生まれ　　　１歳

・七女・ラカ（母・リリリ）
１５９２年１２月２４日　生まれ　　　１歳

・六男・須久那丸（母・鶴美）
１５９２年１２月２４日　生まれ　　　１歳

◆◇黒坂真琴家臣・与力◇◆

・森　力丸長氏
１５６７年？月？日　生まれ　　　２６歳
従四位下参議・下野守（黒坂家与力大名）
宇都宮城城主

・前田　慶次利益
１５４１年？月？日　生まれ　　　５２歳
従五位上右衛門佐（現黒坂家筆頭家老）
土浦城城主

・柳生　宗矩
１５７１年？月？日　生まれ　　　２２歳
正六位上右近衛将監（黒坂家家老）
鹿島城城主

・真田　幸村信繁
１５６７年2月2日　生まれ　　　２６歳

従五位下治部少輔（黒坂家家老）
高野城城主

・伊達　小次郎政道
１５６８年？月？日　生まれ　　　　　　２５歳
従六位下主工首《たくみのかみ》（黒坂家家老）
五浦城城主

・左　甚五郎
？？？？年？月？日　生まれ　　　４０代前半
（黒坂家家老）
笠間城城主

・本多　正純
１５６５年？月？日　生まれ　　　　　　２８歳
（黒坂家家老）
逆井城城主

・山内　猪右衛門一豊
１５４６年？月？日　生まれ　　　　　　４７歳
（黒坂家家老）（妻・千代）
水戸城城主

・藤堂　高虎
１５５６年1月6日　生まれ　　　　　　３７歳
（黒坂家家老）
日立港城城主

・狩野　永徳
１５４３年2月１６日　生まれ　　　　　５０歳

・最上　義康

１５７５年？月？日　生まれ　　　　　１８歳

・国友　茂光
１５？？年？月？日　生まれ　　　４０代前半

・真壁　氏幹（通称・鬼真壁）
１５５０年9月１２日　生まれ　　　　４３歳
（黒坂家剣術指南役・鹿島神道流）

・成田　長親（通称・のぼう）
１５４６年？月？日　生まれ　　　　　４７歳
（黒坂家家老）
佐倉城城主

・佐々木　小次郎
１５？？年？月？日　生まれ　　　２０代後半

・新免　無二
１５？？年？月？日　生まれ　　　３０代前半

・前田　正虎
１５７０年？月？日　生まれ　　　　　２３歳

・猿飛　佐助
１５６２年？月？日　生まれ　　　　　３１歳

・霧隠　才蔵
１５６３年？月？日　生まれ　　　　　３０歳

・東住　麻帆
１５７２年？月？日　生まれ　　　　　２１歳
（紅常陸隊隊長）

・東住　美帆
１５７３年？月？日　生まれ　　　　　２０歳
（紅常陸隊副長）

◇◆織田家◇◆
・お市
１５４７年？月？日　生まれ　　　　　４６歳
織田信長の妹
従三位権大納言・幕府目付役

・織田　信忠
１５５５年？月？日　生まれ　　　　　３８歳
織田信長嫡男・織田宗家
正二位左大臣・征夷大将軍

・三法師
１５８０年？月？日　生まれ　　　　　１３歳
織田信忠の嫡男・信長の孫

・織田　信孝
１５５８年4月２２日　生まれ　　　　３５歳
従五位下侍従・四国探題

・織田　信雄
１５５８年？月？日　生まれ　　　　　３５歳
従五位下侍従・伊勢守

・織田　信澄
１５５５年？月？日　生まれ　　　　　３８歳
従四位上中納言・武蔵守

◇◆安土幕府家臣団◇◆

・柴田　勝家
１５２２年？月？日　生まれ　　　　　７１歳
正四位下参議・越中守

・羽柴　秀吉
１５３７年2月６日　生まれ　　　　　５６歳
正四位下参議・九州探題

・前田　又左衛門利家
１５３９年1月１５日　生まれ　　　　５４歳
従四位下右衛門督・加賀守

・前田　松
１５４７年7月２５日　生まれ　　　　４６歳

・前田　利長
１５６２年2月１５日　生まれ　　　　３１歳
従五位下兵部少輔

・佐々　成政
１５３６年2月６日　生まれ　　　　　５７歳
従五位下少納言・若狭守

・森　蘭丸成利
１５６５年？月？日　生まれ　　　　　２８歳
従五位右上兵衛佐・淡路守

・森　坊丸長隆
１５６６年？月？日　生まれ　　　　　２７歳
従五位下刑部少輔・伊豆守

・大黒　弥助
１５？？年？月？日　生まれ　　　　　？？歳
正七位下右兵衛少尉・小笠原守

・蒲生　忠三郎氏郷
１５５６年？月？日　生まれ　　　　　３７歳
従五位下大監物・丹波守

・高山　右近重友
１５５２年？月？日　生まれ　　　　　４１歳

・柳生　石舟斎宗厳
１５２７年？月？日　生まれ　　　　　６６歳
従五位下伊賀守（織田家剣術指南役）

・真田　昌幸
１５４７年？月？日　生まれ　　　　　４６歳
従五位下上野介

・徳川　家康
１５４３年1月３１日　生まれ　　　　５０歳
従三位権中納言・三河守
安土幕府補佐役・副将軍

・本多　忠勝
１５４８年？月？日　生まれ　　　　　４５歳

・伊達　輝宗
１５４４年？月？日　生まれ　　　　　４９歳

・伊達　藤次郎政宗
１５６７年8月3日　生まれ　　　　　２６歳

従三位権中納言・奥州探題

・最上　義光
１５４６年2月1日　生まれ　　　　　４７歳
従三位権中納言・羽州探題

・上杉　景勝
１５５６年1月8日　生まれ　　　　　３７歳
従三位権中納言・越後守

・直江　兼続
１５６０年？月？日　生まれ　　　　　３３歳

・羽柴　秀次
１５６８年？月？日　生まれ　　　　　２５歳
（羽柴家家督相続）

・黒田　官兵衛
１５４６年１１月２９日　生まれ　　　４７歳

・石田　三成
１５６０年？月？日　生まれ　　　　　３３歳

・九鬼　嘉隆
１５４２年？月？日　生まれ　　　　　５１歳
従五位下少納言・紀伊守
織田家水軍奉行

・北条　氏規
１５４５年？月？日　生まれ　　　　　４８歳
従六位上樺太守

・板部岡江雪斎
１５３７年？月？日　生まれ　　　　６６歳

◇◆黒坂家御用三大商人◇◆
・今井　宗久（初代）
１５２０年？月？日　生まれ　　　　７３歳
隠居、息子が２代目今井宗久を襲名
（織田家茶道衆頭）

・２代目・今井宗久　　　　　　　　３３歳

・津田　宗及
１５？？年？月？日　生まれ　　　　７？歳
（織田家茶道衆）

・千　宗易（利休）
１５２２年？月？日　生まれ　　　　７１歳
（織田家茶道衆）（黒坂家茶道頭）

◇◆常陸国立茨城城女子学校生徒・出身者◇◆
・あおい
１５７１年？月？日　生まれ　　　　２２歳
真田幸村の妻

・緑子
１５７２年？月？日　生まれ　　　　２１歳
柳生宗矩の妻

・朱梨
１５７４年？月？日　生まれ　　　　１９歳
伊達政道の妻

◇◆他◇◆

・ファナ・ピルコワコ
　１５？？年？月？日　生まれ　　　　　？？歳
　インカ帝国最後の皇帝トゥパク・アマルの娘

・ルイス・フロイス
　１５３２年？月？日　生まれ　　　　　６１歳
　カトリック司祭・宣教師

・フィリッペ2世
　１５２７年5月２１日　生まれ　　　　６６歳
　スペイン国王・ポルトガル国王を兼務していたことから、この物語ではスペイン・ポルトガルのことをひとまとめにしてイスパニアと表現したりしております。

※史実上人物の官位官職・領地・没日、その他設定は全て架空です。
※誕生年月日は Wikipedia 参照。

OVERLAP

本能寺から始める信長との天下統一 8

発　行　2022年7月25日　初版第一刷発行

著　者　常陸之介寛浩
発行者　永田勝治
発行所　株式会社オーバーラップ
〒141-0031　東京都品川区西五反田 8-1-5
校正・DTP　株式会社鷗来堂
印刷・製本　大日本印刷株式会社

Printed in Japan ISBN 978-4-8240-0240-2 C0193

オーバーラップ文庫
重版
ヒット中!
俺は星間国家の
I am the Villainous Lord of the Interstellar Nation
悪徳領主!
[好き勝手に生きてやる!
なのに、なんで領民《あいつら》たち感謝してんの!?]
善良に生きても報われなかった前世の反省から、「悪徳領主」を目指す星間国家の伯爵家当主リアム。彼を転生させた「案内人」は再びリアムを絶望させることが目的なんだけど、なぜかリアムの目標や「案内人」の思惑とは別にリアムは民から「名君」だと評判に!?　星々の海を舞台にお届けする勘違い領地経営譚、開幕!!
著 三嶋与夢　イラスト 高峰ナダレ
シリーズ好評発売中!!

オーバーラップ文庫
――そして、少年は“最強”を超える。
ありふれた職業で世界最強
ARIFURETA SHOKUGYOU DE SEKAISAIKYOU
WEB上で絶大な人気を誇る
“最強”異世界ファンタジーが書籍化!
クラスメイトと共に異世界へ召喚された“いじめられっ子”の南雲ハジメは、戦闘向きのチート能力を発現する級友とは裏腹に、「錬成師」という地味な能力を手に入れる。異世界でも最弱の彼は、脱出方法が見つからない迷宮の奈落で吸血鬼のユエと出会い、最強へ至る道を見つけ――!?
著 白米 良　イラスト たかやKi
シリーズ好評発売中!!

第10回 オーバーラップ文庫大賞
原稿募集中！
イラスト：冬ゆき
キミが物語の王様
【賞金】
大賞…300万円
（3巻刊行確約＋コミカライズ確約）
金賞……100万円
（3巻刊行確約）
銀賞………30万円
（2巻刊行確約）
佳作………10万円
【締め切り】
第1ターン 2022年6月末日
第2ターン 2022年12月末日
各ターンの締め切り後4ヶ月以内に佳作を発表。通期で佳作に選出された作品の中から、「大賞」、「金賞」、「銀賞」を選出します。
投稿はオンラインで！ 結果も評価シートもサイトをチェック！
https://over-lap.co.jp/bunko/award/
〈オーバーラップ文庫大賞オンライン〉
※最新情報および応募詳細については上記サイトをご覧ください。
※紙での応募受付は行っておりません。